DREAMBOOKS

마왕

15

ORIENTAL FANTASY STORY & ADVENTURE

요도 김남재 신무협 장편소설

dream
books
드림북스

마왕 15

초판 1쇄 인쇄 2018년 1월 12일
초판 1쇄 발행 2018년 1월 22일

지은이 요도 김남재
발행인 오영배
기획 박성인
책임편집 이대용
표지 · 본문 디자인 권지연
일러스트 나래
제작 조하늬

펴낸곳 (주)삼양출판사 · 드림북스
주소 서울시 강북구 도봉로 173
대표 전화 02-980-2112 팩스 02-983-0660
편집부 전화 02-980-2116 팩스 02-983-8201
블로그 blog.naver.com/dreambookss
출판등록 1999년 3월 11일 제9-00046호

ISBN 979-11-283-9133-0 (04810) / 979-11-313-0507-2 (세트)

드림북스는 (주)삼양출판사의 판타지 · 무협 문학 브랜드입니다.

마왕
15
요도 김남재 신무협 장편소설
ORIENTAL FANTASY STORY & ADVENTURE
dream books
드림북스

목차

1장. 대적 불가

― 못 죽일걸

혁련휘를 죽이기 직전까지 갔었던 십전염라는 갑작스러운 비설의 등장에 당황했다.

'누구지?'

교주 일행의 목에 걸린 금액이 보통이 아니다.

그런데 문제는 그 안에 저런 여인은 없다는 거다. 분명 교주와 그를 따르는 측근 하나, 이렇게 둘만이 함께하고 있다고 전해 들었다.

아직까지도 손목이 얼얼할 정도로 파괴력이 있는 장법이긴 했지만······.

십전염라는 곧 냉정을 되찾았다.

상대는 고작 어린 여인일 뿐이다. 더군다나 저 정도의 미모에 실력까지 겸비한 무인을 자신이 모를 리가 없다.

중원에서 이름난 여고수들을 떠올려 봤지만 개중 그 누구도 지금 눈앞에 있는 저 여인으로 추정되는 존재를 찾을 수 없었다.

그 말은 곧 이름조차 알려지지 않은 무인이라는 소리다.

잠시나마 당황했던 감정을 추스른 그가 수하들을 향해 슬쩍 눈짓을 보냈다.

어차피 상대는 하나, 실력은 꽤나 있어 보이긴 했지만 이름조차 모르는 상대에게 자신들 모두가 당할 거라고는 생각되지 않았다.

십전염라가 검을 든 채로 섬뜩한 웃음을 흘려 보였다.

"어디 주제도 모르는 게 싸움에 끼어들고……."

"아이고."

말을 내뱉던 십전염라가 입을 닫은 건 뒤편에서 들려오는 나지막한 소리 때문이다. 그리고 그 소리의 주인공은 다름 아닌 환야였다.

그가 힘들다는 듯한 비명과 함께 바닥에 벌렁 누워버린 것이다. 그런 그의 모습에 십전염라가 당황스러운 표정을 지어 보였다.

분명 방금 전까지만 해도 독기를 풀풀 풍기며 혁련휘에

게 다가가지 말라고 소리쳐 대던 그다. 그런 자가 갑자기 자기 스스로 바닥에 누워 버리는 꼴을 보자니 이상하게 여기는 건 당연했다.

바닥에 누워 버린 환야를 향해 십전염라가 어처구니없다는 표정으로 말했다.

"네놈이 미쳤구나?"

"나? 아니 멀쩡한데."

바닥에 누운 채로 환야가 시큰둥하니 대답했다. 그런 그를 향해 십전염라가 이해가 안 간다는 듯이 되물었다.

"그럼 지금 그 행동은 뭐지? 미치지 않고서야 네 주인이 죽을 이런 상황에……."

말을 내뱉는 십전염라를 바닥에 누운 채로 올려다보던 환야가 피식 비웃음을 흘렸다.

그러고는 이내 짧게 말했다.

"못 죽일걸."

확신에 찬 말에 십전염라가 자신의 귀를 의심하며 물었다.

"……뭐?"

"믿지 못하겠으면 내기 한번 할래? 네가 죽일 수 있을지 없을지."

이야기를 이어 가는 환야의 표정은 평온했고, 말투 또한 덤덤했다. 그는 마치 모든 것이 끝났다는 듯한 얼굴이었다.

이런 상황에서 이 같은 확신을 가질 수 있는 것.

그건 비설의 실력을 너무나도 잘 알기 때문이다.

그녀는 이곳에 자리하고 있는 저 십여 명 정도의 살수들로 어쩔 수 있는 상대가 아니다. 설령 저들이 속한 사요림의 살수들 전원이 온다 해도 비설을 이길 수는 없었다.

대적 불가, 그것이 바로 그녀다.

지금이 얼마나 위험한 상황인지 체감하지 못하고 있는 십전염라는 자신을 향해 다가오는 비설의 발걸음 소리에 그쪽으로 시선을 돌렸다.

그가 자신의 검을 비설에게 겨눴다.

"아무래도 이놈이 널 믿고 까부는 것 같은데?"

"그럼 그럴 만한 이유가 있겠죠?"

말을 받아치는 비설.

그 순간 그녀의 눈은 이미 주변으로 몸을 감춘 열 명의 사요림 살수들의 위치를 빠르게 훑었다.

딴에는 완벽하게 숨었다고 생각하겠지만…… 그건 착각이다.

이미 비설의 감각 안에 그들이 모두 들어와 있었으니까.

그 순간, 누워 있던 환야가 입을 열었다.

"도망치는 게 좋을 텐데."

"이 새끼가 감히 누구한테…….."

환야를 향해 버럭 소리치던 십전염라의 앞으로 비설이 번개처럼 날아들었다. 갑자기 거리를 좁힌 그녀의 움직임에 놀란 십전염라가 손에 들린 검을 황급히 휘둘렀다.

휘익!

빠르게 날아드는 검이 비설을 베고 지나갔다.

아니, 베어진 건 환영이었다.

그곳에 있던 비설이 사라지는 것과 동시에 허공에서 모습을 드러냈다.

손에 들린 자미쌍검이 동시에 검기를 토해 내기 시작했다.

콰콰콰쾅!

수십 개의 검기가 주변 곳곳으로 퍼져 나갔다.

그리고 겉으로 보기엔 아무런 것도 없는 곳을 뒤덮으며 주변을 휩쓸어 버렸다.

허공에 떠오르는 것과 동시에 매서운 검기의 폭풍을 쏟아 냈던 그녀가 바닥에 가볍게 착지했다.

탁.

비스듬히 들었던 검으로 원을 그리며 다시금 자세를 잡은 비설이 슬쩍 십전염라를 향해 시선을 줬다.

무감정한 눈빛, 그렇지만 그런 그녀를 마주한 십전염라

의 표정은 창백해져 있었다.

지금 비설의 자미쌍검에서 쏟아져 나간 검기들은 엄한 곳을 들쑤셨다. 그렇지만 그건 아무것도 모르는 자들이나 할 소리다.

아무것도 없어 보이던 그곳들이 바로 사요림의 살수들이 몸을 감춘 채로 기회를 엿보고 있던 장소였다. 그 모든 곳을 단번에 파악한 비설이 단 일격으로 그들 모두를 쓸어버린 것이다.

십전염라가 이를 악물었다.

"이익!"

"빨리 끝내요. 그쪽하고 놀아 줄 시간 없으니까요."

"누가 누구와 놀아 준다는 게냐!"

말을 마친 십전염라가 검을 들고 비설을 향해 달려들었다.

그의 몸이 빠르게 회전했고, 소매 안에 준비되어진 암기통에서 수십 개의 바늘 침이 동시에 쏟아져 나왔다.

쉬쉬쉭!

독이 묻어 있는 바늘들이 순식간에 비설을 향해 날카로운 이를 들이밀었다.

여러 방향에서 날아드는 그 공격은 쉬이 막아 내기 어려운 모양새였다.

그 순간 비설의 자미쌍검이 움직였다.

반원을 그리며 아래로 향한 그녀의 검이 곧바로 바닥에 내리꽂혔다.

파아앙!

굉음과 함께 땅이 폭발하듯 솟아올랐다. 그리고 솟구쳐 오른 땅은 커다란 방패가 되어 날아드는 그 모든 침들을 막아 냈다.

말도 안 되는 일격에 십전염라가 채 정신을 수습도 하기 전이었다.

스윽.

어느새 뒤로 다가온 비설의 검이 빠르게 십전염라의 몸을 베고 지나갔다.

견고하게 버티고 서 있던 십전염라는 그녀가 스치듯이 지나쳐 가는 그 순간 그대로 눈을 까뒤집은 채로 바닥으로 쓰러졌다.

쿵.

십전염라가 쓰러지기 무섭게 비설은 자미쌍검을 가볍게 한 번 털어 내고는 곧바로 검집에 꽂아 넣었다.

차앙.

사요림의 특급 살수 열한 명.

그들을 모두 제압하는 데 걸린 시간은 고작 눈 몇 번 깜

박이는 정도면 충분했다.

검을 집어넣은 비설의 시선이 쓰러져 있는 혁련휘에게
향했다. 그리고 그곳에서는 힘겹게 몸을 일으켜 세우고 있
는 혁련휘가 있었다.

싸움을 끝낸 그녀를 향해 혁련휘가 한 걸음씩 다가오기
시작했다.

제대로 걷기조차 힘든 몸, 그런데도 불구하고 혁련휘는
남아 있는 모든 힘을 다해 그녀를 향해 한 발자국씩 다가오
고 있었다.

비틀거리며 비설이 있는 곳까지 다가온 혁련휘가 피투성
이의 얼굴로 그녀를 응시했다.

그러고는 이내 부들부들 떨리는 손을 힘겹게 들어 올려
비설을 향해 뻗었다.

서서히 좁혀져 가던 혁련휘와 비설의 간격.

그리고 이내 혁련휘의 손이 비설의 볼에 닿았다.

볼에 손이 닿는 그 순간 잠시나마 움찔했던 혁련휘가 이
내 입술을 꽉 깨물었다.

손끝에 닿는 이 따뜻한 온기가, 그리고 자신의 두 눈을
마주하고 웃고 있는 그녀의 눈동자가 지금 이 모든 것이 현
실이라 말해 주고 있었다.

혁련휘가 바짝 마른 입술을 들썩이며 말했다.

"정말…… 너로구나."

"네, 형님. 저예요."

자신의 볼에 닿아 있는 혁련휘의 손을 양 손바닥으로 감싸 안은 그녀가 미소를 지어 보였다. 그리고 그런 그녀를 바라보던 혁련휘의 몸이 천천히 무너져 내렸다.

쓰러지려는 혁련휘를 비설이 황급히 어깨로 받아 냈다. 그렇게 그녀에게 기대어 선 채로 혁련휘가 입을 열었다.

"……이제 내 옆을 떠나 어디에도 가지 말거라."

떨려 오는 혁련휘의 목소리에 비설은 힘 있게 고개를 끄덕였다. 그러고는 기대어 서 있는 혁련휘를 양팔로 부드럽게 감싸 안았다.

힘없는 혁련휘의 모습에 비설의 눈시울이 붉어졌다.

못 보는 사이 무척이나 야위어 버린 혁련휘의 모습에서 그가 얼마나 큰 고생을 했는지 알 수 있었다.

그녀가 혁련휘를 꽉 안은 채로 말했다.

"네, 형님. 절대…… 떠나지 않을게요."

지금부터는 자신이 혁련휘를 지킬 것이다.

비설은 혼절한 혁련휘를 둘러업은 채로 환야와 함께 자신이 아는 거점으로 움직였다. 인근에 있는 마을의 외곽으로 비밀리에 잠입한 세 사람은 곧장 객잔 하나에 들어섰다.

사람의 시선을 피하기 위해 뒷문으로 들어선 이 객잔은 북천회 소속의 거점이었다.

　그리고 비설은 객잔에 들어오기 무섭게 그곳에 있는 사람들에게 명령을 내렸다.

　그건 바로 가짜 흔적을 남기는 것이었다.

　혁련휘와 환야가 다른 곳으로 움직인 것처럼 착각을 하게 만들었고, 덩달아 비슷한 옷차림으로 변장을 시킨 두 명을 실제로 움직이도록 명했다.

　그들은 혁련휘와 환야 흉내를 내며 움직일 것이고, 이는 뒤쫓고 있는 자들에게 혼란을 야기할 것이다. 그렇게 며칠을 도망치다 정작 중요한 순간에는 원래의 모습으로 돌아가 사람 많은 곳으로 스며들면 뒤쫓고 있던 이들로서는 닭 쫓던 개 지붕 쳐다보는 꼴이 되고야 말 게다.

　그렇게 비밀스러운 통로를 통해 객잔 내부에 숨겨진 방으로 안내받은 비설은 곧바로 혁련휘를 한쪽 침상에 눕혔다.

　그리고는 곧바로 북천회의 무인에게 말했다.

　"치료를 해야 하니 약재들 준비해 줘요. 그리고 무조건 북천회 소속의 의원을 통해서 구해야 해요. 혹시나 부상을 치료하는 물건들을 다른 의원에게서 구했다가는 뒤를 잡힐 수도 있으니까요."

비설은 꼼꼼했다.

혹시라도 적들이 이상한 점을 파악하고 인근을 뒤지고 든다 해도 뭔가 위험할 만한 단서를 남기지 않으려는 거다.

그런 비설의 명령을 전해 들은 수하가 고개를 끄덕이고는 황급히 방에서 사라졌다.

혁련휘가 쓰러져 있는 옆에 위치한 침상에 환야가 털썩 걸터앉았다.

그 또한 혁련휘보다 낫긴 했지만 상태가 좋은 건 아니었다.

이곳까지 오는데도 몇 번이고 혼절할 것 같은 정신을 억지로 부여잡았을 정도다.

혁련휘의 숨이 고르다는 걸 확인하고서야 비설이 시선을 돌려 환야를 바라봤다.

"아저씨, 괜찮으세요?"

"죽기 일보 직전이야."

"조금만 참으세요. 곧 약을 구해 올 거니까요."

"어휴, 약이고 뭐고 한잠 늘어지게 자면 소원이 없겠다. 열흘 넘게 제대로 못 잤거든."

환야가 지쳤다는 듯이 두 눈을 비비며 중얼거렸다.

그러던 그가 이내 궁금하다는 듯 입을 열었다.

"그런데…… 너 대체 어떻게 알고 거기 나타난 거야?"

환야가 제일 궁금한 건 그것이었다.

위기일발의 순간 나타난 비설의 모습을 보며 그게 환영이 아닐까 생각했던 건 혁련휘뿐만이 아니었다. 그만큼 비설의 등장은 기적 같은 일이었다.

비설은 자신들과 떨어져 다른 곳에 있었는데, 어떻게 그곳에 나타날 수 있었던 걸까?

이 넓은 중원에서 우연히 만난다는 건 말이 되지 않는다.

물어 오는 환야의 질문에 비설이 대답했다.

"어느 길을 통해 움직이시는지 비파월에게 계속 신호를 남기셨잖아요."

"……그걸 네가 어떻게 알았어?"

"형님이 위험에 처했다는 걸 알고 곧바로 달려왔어요. 큰 부상을 입었다는 걸 전해 들었거든요. 그 순간부터 생각했어요. 상황이 좋지 않다면 마교로 돌아가는 건 힘들 테니 분명 환야 아저씨는 부의민 아저씨가 있는 쪽으로 갈 거라고요."

환야가 놀란 듯 입을 쩍 벌린 채로 가만히 말을 듣고 있었고, 곧 그녀의 이야기가 이어졌다.

"그래서 우선 변방으로 움직였을 때의 방향으로 계산해서 움직였어요. 물론 그것만으로 완벽하게 위치를 알 순 없었죠. 변방으로 가는 길의 경우의 수는 수십, 수백 개가 넘을 테니까요. 그런데 문득 그런 생각이 들더라고요. 저도 어느 길로 올지 잘 모르는데 부의민 아저씨는 과연 알까 하고요."

비설은 길게 숨을 내쉬었다.

최대한 간단하게 말을 하고 있지만 그 과정 동안 비설은 계속해서 머리를 굴렸고, 고민에 고민을 거듭했다.

비설이 재차 말했다.

"모른다는 결론이 나왔죠. 그러니 자연스레 하나의 가정이 생기더라고요. 어디로 가는지 연락을 취해야 한다는 거였죠. 그리고 도망치는 바쁜 와중에 연락을 취하려면…… 비파월을 움직여야 할 거라는 것도요."

"……그래서 직접 비파월과 연락을 취한 거야?"

"네, 처음엔 저한테 정보를 안 주려고 하더라고요."

비설의 말에 환야는 고개를 끄덕였다.

혁련휘가 어떤 길을 따라 도망치고 있는지는 특급 비밀로 분류되었을 테니, 당연히 그 정보를 비설에게 쉽사리 줬을 리가 없다.

그랬기에 비설은 그곳에서 교주 혁련휘의 여인이라는 신분을 드러냈다.

마후가 될 여인이라는 말에 그들이 움찔하는 사이에 그녀는 그들을 윽박질렀다.

시간이 없다고, 정말 이렇게 죽게 내버려 둘 거냐고 말이
다.

비설의 정체를 안 그들은 잠시 고민하다 이내 결단을 내
렸다.

부의민과 마찬가지로 비설이라는 여인 또한 혁련휘의 최
측근이라는 걸 알고 있기 때문이다.

그런 그들을 통해 비설은 혁련휘와 환야의 도주로를 알
아냈다.

그리고 그걸 파악하기 무섭게 비파월에게 계속하여 두
사람의 움직임을 알 수 있게끔 도와 달라 부탁했다.

계속해서 남겨지는 흔적들을 주기적으로 전해 들으며 비
설은 둘과의 거리를 좁혀 왔다.

그리고 방금 전 십전염라에 의해 죽을 뻔한 위기일발의
순간, 두 사람이 있는 곳을 정확하게 찾은 건 역시나 이번
에도 흑풍 덕분이었다.

하늘을 주시하며 달리던 그녀의 눈에 흑풍이 들어왔던
것이다. 그리고 마찬가지로 흑풍 또한 비설을 발견하고는
그녀를 향해 날아왔었다.

흑풍은 곧바로 비설을 혁련휘와 환야가 위험에 처해 있
는 장소로 안내했다.

그런 흑풍의 도움 덕분에 비설은 인근에서 헤매지 않고

단번에 두 사람을 구해 낼 수 있었던 것이다.

"흑풍의 도움이 컸어요."

긴 이야기를 끝마친 비설의 시선이 방 한쪽에 위치한 흑풍에게로 향했다.

혹시 모를 위험을 대비해 흑풍도 이곳으로 데리고 들어온 상황이다.

자신을 부르는 소리에 침상 머리맡에 앉은 채로 가만히 있던 흑풍이 고개를 들어 비설을 바라봤다.

그런 흑풍을 바라보며 비설이 웃으며 말했다.

"고마워, 흑풍. 네 덕분에 형님을 구할 수 있었어."

"……그르릉."

낮은 울음소리를 흘리던 흑풍이 갑자기 침상에서 슬쩍 날아오르는 듯싶더니 비설에게 다가와 어깨에 앉았다.

그런 흑풍의 행동에 비설은 놀란 듯 눈을 동그랗게 떴다. 그동안 아무리 친하게 지내려고 해도 시선조차 잘 주지 않던 흑풍이다.

그런 흑풍이 먼저 날아와 비설의 어깨에 앉았다.

이런 모습은 혁련휘를 제하고는 그 누구에게도 하지 않는 행동이었기에 비설이나 환야 모두 그런 흑풍에게 적잖이 놀란 상황이었다.

흑풍이 잠시 머뭇거리는 듯싶더니 이내 고개를 들이밀어

비설의 볼에 비볐다.

놀란 듯 비설이 중얼거렸다.

"어어?"

얼굴을 비비는 걸로 고맙다는 말을 대신한 흑풍은 다시금 혁련휘의 침상 쪽으로 날아갔다. 아직까지도 그 감각이 남아 있는지 자신의 얼굴을 어루만지던 비설이 이내 서둘러 물었다.

"아, 그런데 달치 아저씨는 어디 계신 거예요?"

갑자기 물어 오는 비설의 질문에 환야의 입이 닫혔다.

마음이 찢어질 정도로 아파 뭐라 말을 해야 할지 모르겠지만…… 잠시 침묵하던 환야가 힘겹게 입을 열었다.

"……죽었어."

환야의 대답에 비설은 딱딱하게 굳어 버렸다.

죽었다니?

달치가 죽었을 거라고는 상상도 하지 못했다.

그만큼 달치는 강했고, 또 언제나 힘이 넘치는 사내였다.

그런 그가 죽었다는 말이 쉬이 믿어지지 않았다.

그렇지만 다른 것도 아닌 생사에 대한 걸로 환야가 농담을 할 리가 없다. 하물며 그 대상이 그토록 오랜 시간을 함께한 달치라면…….

다리에 힘이 풀렸는지 비설이 근처에 있던 의자에 털썩

주저앉았다.

믿기 어렵다는 듯 얼굴을 감싸 안은 비설이 고개를 푹 수그렸다.

달치의 순박한 얼굴이, 맛있는 음식을 먹으려고 밤늦게 단둘이 비밀리에 외출을 했던 추억들이 주마등처럼 스치고 지나갔다.

자신에게 언제나 예쁘고 착하다며 엄지를 치켜세워 주던 사내.

덩치와는 다르게 너무나 착하고, 순수했던 그가 죽었다니…… 믿고 싶지 않았다.

비설이 떨리는 목소리로 물었다.

"……시신을 확인하셨어요?"

"아니. 절벽 아래로 떨어졌거든. 시신을 찾을 시간적 여유도 없었고, 그 아래에 큰 물줄기가 흘렀으니 아마 곧바로 내려갔어도 못 찾았을 거야."

"어쩌다가 달치 아저씨가……."

"멍청한 녀석이 나와 대장을 살리겠다고 자기가 적들을 끌어안고 지옥으로 떨어지더라. 바보 같은 자식, 누가 그렇게 죽어 달라고 했어? 괜히 혼자 멋있는 척은 다 하고 이렇게 죽으면 난 대체 어떻게 하라고……."

흥분한 듯 말을 쏟아 내던 환야가 결국 손을 들어 입가를 가렸다.

참으려고 했던 눈물이 다시금 터져 나왔기 때문이다.

자신의 우는 모습을 비설에게 보이고 싶지 않았는지 환야가 벽 쪽으로 몸을 돌렸다.

그러나 등지고 있다 해도…… 들썩이는 환야의 어깨가 지금 그가 너무나 구슬프게 울고 있음을 말해 주고 있었다.

"끄윽, 끅!"

소리 없이 울고 있는 환야의 뒷모습을 비설은 안타깝게 바라보고 있었다.

*　　　*　　　*

혁련휘와 환야는 약속이라도 한 것처럼 나흘을 꼬박 혼절해 있었다.

그리고 이내 눈을 뜬 그 둘의 상태는 한결 나아 보였다.

환야는 어느 정도 무공을 쓰는 것이 가능해질 정도로 회복됐고, 혁련휘는 아직 그 정도까지는 아니었지만 최소한 거동을 하는 데 문제없을 정도까지는 나아진 상황이었다.

아래에서 달여 온 탕약을 들고 모습을 드러낸 비설이 혁련휘의 옆으로 쪼르르 달려갔다.

"형님, 이거 드세요."

입을 대지 않아도 알 만큼 탕약은 지독할 정도로 쓴 냄새를 풍겼다. 혁련휘는 그런 탕약을 단번에 들이켰다.

쓴 탕약을 한입에 삼킨 혁련휘가 손등으로 입가를 닦았다.

탕약을 담았던 그릇을 그에게서 건네받은 비설이 곧바로 말을 이었다.

"식사는 곧 올리라고 했으니, 허기들 지시겠지만 조금만 참으세요."

"그래, 고맙다."

혁련휘가 고개를 끄덕이며 비설을 지그시 바라봤다.

그런 그의 시선에 비설이 자신의 얼굴을 만지작거리며 물었다.

"왜 그렇게 뚫어져라 보세요?"

"아직도 꿈같아서."

환영 같이 나타나 자신을 구해 줬던 비설, 그런 그녀와 며칠째 함께하고 있지만 혁련휘는 아직도 이 모든 것이 꿈이 아닐까 종종 생각하곤 했다.

그런 혁련휘의 말에 비설이 장난스럽게 웃으며 검지를 치켜세웠다.

"궁금하면 옆구리라도 찔러 봐 드릴까요?"

"됐어."

가볍게 손을 저으며 혁련휘는 침상의 머리맡에 몸을 기
댔다.

반대편 침상에 자리하고 있는 환야도 자신의 앞에 있는
탕약을 눈살을 찌푸린 채 목구멍으로 넘기고 있었다.

약들을 먹자 방 안에는 다시 적막이 감돌았다.

방 내부의 분위기는 계속해서 그리 좋지 않았다.

당연한 결과다.

혁무조가 죽었고, 달치도 죽었다.

거기다가 마교를 떠나 이곳까지 도망치고 있는 신세가
되어 버렸거늘 어찌 분위기가 좋을 수 있겠는가.

오로지 비설만이 웃는 얼굴로 그런 그들 사이에서 열심
히 이런저런 말들을 걸고 있었다.

사실 그녀라고 해서 어찌 달치의 죽음에 마음이 아프지
않을 수 있으랴.

그렇지만 다른 둘을 위해 억지로 웃고 있는 것이다.

어떻게든 이 두 사람에게 힘을 불어넣어 주고 싶었기
에…….

그리고 그런 비설의 마음을 혁련휘도, 환야도 알고 있었
다. 그녀라고 해서 이리 웃고 있는 게 쉬울 리가 없다.

그랬기에 혁련휘가 힘든 와중에서도 일부러 비설에게 말
을 걸었다.

"그나저나 어떻게 이리 일찍 왔지?"

"아, 저요?"

잠시 환야에게 시선을 주고 있던 비설이 물어 오는 혁련휘의 질문에 고개를 돌리며 되물었다.

그런 그녀를 향해 고개를 끄덕이며 혁련휘가 말했다.

"응. 반년 정도는 걸린다고 했었잖아. 거의 절반 가까이 단축한 것 같아서."

조금 정도라면 모를까 예정보다 훨씬 빠르게 돌아온 비설의 모습에 혁련휘는 궁금했던 것이다. 그러고는 이내 혹시나 하는 얼굴로 비설에게 물었다.

"설마…… 마무리 짓지 못하고 온 것이냐?"

북천회의 일을 매듭짓기 위해 원래의 자리로 돌아갔던 비설이다.

그런 그녀가 예정의 절반 이상을 단축한 상황에 혁련휘는 혹시나 하는 생각이 든 것이다.

걱정스러운 듯한 혁련휘의 질문, 환야의 시선도 비설에게로 향해 있을 때였다.

그녀가 슬며시 입을 열었다.

"……그럴 리가요."

*　　　*　　　*

혁련휘와 비설이 조우하기 며칠 전.

북천회의 회주 관천위는 복잡한 표정으로 자신의 방에
자리하고 있었다. 그는 의자에 앉은 채로 손톱을 잘근잘근
깨물었다.

비설과 그녀의 스승인 도재하에게 한 방 먹은 탓이다.

회주의 해임안을 내놓은 그녀의 선택에 비웃음을 흘렸던
관천위다. 해임에 대한 권한을 지닌 열두 명 중 열 명 이상
이 손을 들어 줘야만 가능한 일이었으니까.

그 열두 명 중 네 명이 자신의 사람들이니 안전하다 여겼
던 관천위다.

그런데 그토록 오랜 시간 같은 편이라 여겼던 하북팽가
의 팽월이 사실 그들의 사람이라는 사실이 밝혀졌다. 덩달
아 상황은 구 대 삼으로 변했다.

물론 이 숫자가 끝까지만 유지된다면 회주의 자리는 무
사하다.

다만…… 비설이 그런 걸 모르고 이 같은 해임안을 내났
을 리가 없다는 거다.

자신의 편이라 믿고 있는 세 사람, 허나 과연 진짜 그들
이 그럴까?

그토록 믿었던 팽월조차도 사실은 비설과 도재하 측의

사람들이거늘, 어찌 다른 이들이라 해서 같은 편이라 확신할 수 있겠는가.

더군다나 상황이 이리 흐른다면 애초에 배신하지 않은 자였다고 해도 불안감을 못 이겨 조금의 자극으로도 다른 선택을 할 수 있었다.

생각이 거기까지 미치자 관천위는 불안한 듯 발을 가만두지 못하고 연신 땅바닥을 탁탁거렸다.

이미 관천위는 나머지 세 사람에게 사람을 붙여 놓은 상황이다.

그들이 누구를 만나는지, 무슨 행동을 하는지 일거수일투족 모두를 알아야만 했다.

무려 며칠째 거의 뜬 눈으로 그 보고만을 받고 있던 관천위의 거처로 누군가의 다급한 발걸음 소리가 들려왔다.

그리고 이내 닫혀 있는 문 건너에서 수하의 목소리가 들려왔다.

"회주님! 급보입니다!"

"어서 가져오게!"

수하의 목소리에 담긴 다급함을 느낀 관천위 또한 급히 소리쳤고, 문을 열고 그의 수하인 목유성이 뛰어 들어왔다.

그가 쥐고 있는 서찰을 관천위에게 급히 건넸다.

그리고 관천위는 그런 목유성의 손에 들린 서찰을 빼앗

듯이 가져가서 펼쳐 보였다.

그렇게 서찰 내의 내용을 살피던 그의 표정이 점점 일그러졌다.

서찰의 내용은 관천위의 상황이 더욱 최악으로 치닫기 시작했음을 말해 주고 있었다.

남아 있는 세 명 중 하나.

추영신보(追影神步) 이후종(李厚悰).

신법이 뛰어나기로 이름 높은 자, 그리고 그는 현 점창파 장문인의 사형이다.

아주 오래전부터 관천위와 뜻을 같이했던 그이거늘……
그런 그가 북천회의 소집령에 응하기 전에 은밀히 도재하 쪽의 사람들과 접선했다는 정보와, 방금 전에도 그들과 비밀리에 회동했다는 소식이 날아든 것이다.

"이후종 이놈이……!"

부드득 이를 갈며 이후종의 이름을 낮게 중얼거리던 관천위가 곧바로 목유성에게 말했다.

"지금 당장 남궁무와 하경이를 내 거처로 들라 하게. 그리고 자네는 즉시 이후종의 움직임을 더 자세히 알아 와서 내게 보고하고. 알겠는가?"

"예, 그러지요."

말을 마친 목유성이 곧바로 관천위의 거처를 벗어났다.

그리고 혼자 남게 된 관천위는 분하다는 듯 주먹으로 탁자를 내리쳤다.

팽월에 이어 이후종까지.

만약 정말로 그가 원래부터 도재하와 관련이 있었거나, 아니면 최근 회유가 된 것이라면 관천위는 앉아서 당할 수밖에 없는 상황이다.

지금 이 난관을 어찌해야 하나 고민하고 있을 무렵 그가 거처로 오라고 한 두 사람이 함께 모습을 드러냈다.

"무슨 일이십니까, 회주님."

남궁무는 화가 머리끝까지 뻗쳐 있는 관천위의 모습을 보며 뭔가 일이 벌어졌음을 직감했다.

물어 오는 남궁무를 향해 관천위가 가볍게 손짓했다.

"문 닫고 이리들 오게."

관천위의 말에 남궁무는 문을 닫고는 옆에 있는 관하경과 함께 그가 있는 탁자에 가서 자리했다. 둥그렇게 둘러앉은 그 상태로 관천위가 분에 찬 듯 이름 석 자를 힘주어 내뱉었다.

"이후종."

"……설마 그자도 배신을 한 겁니까, 할아버님?"

"그래, 비밀리에 도재하 측 사람들과 접선했다더군. 그것도 이번이 처음이 아니었던 모양이야."

"정말 그자까지 넘어간 것이라면 위험한 것 아닙니까."

관하경의 질문에 관천위는 고개를 끄덕였다.

그런 그에게 남궁무가 다급히 말했다.

"이대로 있으시면 안 되는 거 아닙니까? 지금이라도 뜻을 돌리도록……."

"그걸 어찌 믿느냐 말이다."

열 길 물속은 알아도 한 길 사람 속은 모른다 했다.

하물며 한번 다른 뜻을 품었던 자가 어떤 속내를 지니고 있을지 어찌 장담할 수 있겠는가. 자신에게는 걱정하지 말라 호언장담을 하고는 오히려 결정적인 순간이 왔을 때 뒤통수를 친다면?

그때가 돼서 다른 수를 준비하기엔 너무도 늦어 버린다.

관천위가 초조한 듯 말을 이었다.

"젠장, 시간이 그리 많지 않거늘……."

며칠 후면 해임안에 대한 투표가 시작된다. 도재하의 계략처럼 다른 누군가를 포섭하기엔 시간이 너무도 부족한 상황인 것이다.

어찌해야 하나 고민하고 있는 관천위.

그러던 그의 눈동자가 마침내 번뜩였다.

사실 일이 이렇게 된 이상 애초부터 결론은 하나였다.

의자에 몸을 기댄 채로 관천위가 나지막이 입을 열었다.

"아무래도…… 죽여야겠어."

"주, 죽인다고요? 설마 도재하나 비설을 말씀하시는 겁니까?"

놀란 듯 남궁무가 되물었다.

그런 그를 향해 고개를 저은 관천위가 말을 이었다.

"마음 같아서야 도재하나 비설 그 둘 중 하나를 죽여 버리고 싶지만 그래선 안 되지. 지금 같은 상황에 그랬다가는 내가 의심받을 테니 말이야."

"그렇다면…… 이후종을 말씀하시는 겁니까?"

"그래. 팽월이야 이미 배신했다는 사실이 어느 정도 알려졌을지 모르지만 이후종은 아니지. 그렇다면 오히려 우리가 선수를 치는 거야. 그 소문이 나기 전에 놈을 제거하는 거지."

이런 상황에 팽월이 죽는다면 그 또한 자신이 의심받을 수 있다. 그랬기에 아직 아무런 소문도 나지 않은 이후종을 목표로 삼았다.

죽이는 것까지 염두에 두자 그는 실로 좋은 목표였다.

해임안에 대한 걱정을 떨칠 수 있는 것도 그렇지만 그를 죽임으로써 또 하나의 이득을 볼 수 있었다.

이후종은 대내외적으로 자신의 사람으로 알려져 있다. 그런 그가 이토록 중요한 투표를 앞두고 죽는다면 과연 사람들은 누구를 의심할까?

그 누구도 자신을 의심하지 않을 것이다.

오히려 반대편에 위치하고 있는 도재하나 비설이 이번 해임안을 유리하게 끌고 나가기 위해 살인을 저질렀다는 의심을 사게 될 게다.

관천위가 말했다.

"지금 상황에 그를 제거한다면 오히려 도재하나 비설이 의심받게 만들 수도 있어. 일거양득인 셈이지."

거기까지 이야기를 전해 듣자 관하경은 눈을 빛내며 고개를 끄덕였다.

"실로 묘책이십니다! 할아버님."

위험 요소를 제거하며 오히려 그걸 이용해 최대의 적들에게 타격을 줄 수 있는 계책, 지금 상황에 이보다 나은 선택은 없어 보였다.

관천위가 남궁무를 향해 말했다.

"오늘 밤에 움직여야겠어. 그러니 쓸 만한 녀석으로 다섯 정도 준비해 두게."

이후종을 제거하는 데 자신 하나면 충분했겠지만 중요한 건 소란 없이 끝내는 것이다.

그러기 위해서 이곳에 있는 관하경도, 남궁무도 함께할 계획이었다.

그리고 그것으로도 마음이 놓이지 않았는지 쓸 만한 무인까지 데리고 오라 명한 것이다.

고개를 끄덕이는 남궁무를 향해 관천위가 퍼뜩 생각났는지 말을 이었다.

"아 참, 그리고 데리고 오는 놈들은 버리기 유용한 놈들로 채우도록 하게. 일이 끝나는 그 즉시 제거해야 하니까. 괜히 알려진 녀석을 데리고 왔다가 나중에 실종되면 뒷말이 나올 것 아닌가. 시끄러운 일 벌어지지 않게 잘 부탁하지."

"알겠습니다, 회주님."

이번 일은 두고두고 자신의 발목을 잡을 수 있는 일이다.

북천회의 회주가 사람들을 써서 같은 소속의 인물을 제거했다는 사실이 알려진다면 결코 용서받지 못할 테니까.

훗날 발목을 잡을 요소는 최대한으로 줄이는 게 좋다.

아무리 입이 무거운 자들이라 할지라도, 결코 그들이 죽은 자들에 비해 무거울 리는 없을 테니 말이다.

관천위가 관하경과 남궁무를 향해 다시금 말했다.

"오늘 벌어지는 이 일은 결코 드러나서는 안 될 일이야. 우리의 흔적도 남아선 안 되고, 소란이 채 벌어지기 전에 일을 끝내야 한다는 걸 명심들 하고."

관천위의 말에 두 사람은 고개를 끄덕였다.

명을 전달받은 남궁무가 먼저 자리에서 벌떡 일어섰다.

"그럼 전 쓸 만한 녀석들을 여기로 데리고 오겠습니다."

"부탁하지."

"그럼 나중에 뵙겠습니다."

포권을 취해 보인 남궁무가 곧바로 거처를 빠져나갔고, 단둘이 남게 된 지금 가만히 앉아 있던 관하경이 슬그머니 입을 열었다.

"할아버님."

"왜 그러느냐?"

"남궁무는 그냥 두실 겁니까?"

들려오는 관하경의 질문에 관천위가 놀란 듯 그를 바라봤다. 그리고 이내 그 놀란 얼굴은 천천히 미소로 바뀌었다.

관천위는 대견하다는 듯이 관하경의 어깨를 두드리며 말했다.

"녀석, 역시 내 핏줄이로구나."

관하경이 말하지 않았어도 이 일이 끝나고, 해임안이 조용히 잘 처리되면 그 즉시 남궁무를 제거할 계획이었던 관천위다.

그는 너무 많은 걸 알았으니까.

남궁무가 방금 전 나간 입구를 웃음기 가득한 얼굴로 바라보던 관천위가 나지막이 말을 이었다.

"그럴 리가 있겠느냐. 사냥이 끝난 사냥개를 살려 둔다면…… 언젠간 욕심을 가지는 법이지."

2장. 매듭
— 곧 돌아갑니다

계획은 예정대로 진행됐다.

남궁무는 다섯 명의 수하들을 대동한 채로 비밀 거처에 자리했다. 인적조차 별로 없는 어두운 밤, 복면을 하고 있는 그들이 있는 곳에 두 사람이 모습을 드러냈다.

관천위와 관하경이었다.

선두에 서 있던 남궁무는 그 둘이 나타나자 먼저 포권을 취했다. 그러자 그 뒤편에 있는 다른 다섯 명의 복면인들도 둘을 향해 예를 갖추었다.

그들의 절도 있는 움직임 하나하나를 주시하던 관천위는 고개를 끄덕였다.

명령한 대로 제법 쓸 만한 녀석들로 데리고 왔음을 느낄 수 있었다.

'이 정도면 최소한 시간 벌이용은 되겠군.'

오늘 이 임무를 끝마치고 제거당할 거라는 사실도 모른 채 그 다섯 명의 복면인들은 눈동자를 빛내고 있었다.

어떻게든 이번 임무를 성공시키겠다는 결연한 의지가 엿보였다.

길게 이야기를 나눌 사이도 아니었기에 몸을 돌린 관천위가 준비해 온 복면을 입가로 끌어 올리며 짧게 말했다.

"가지."

말과 함께 걸음을 옮기는 그, 그리고 뒤를 쫓기 시작한 관하경과 남궁무 또한 복면으로 얼굴을 가렸다.

약 일각가량 후 그들이 도착한 곳은 장원에서 그리 멀리 떨어지지 않은 장소였다. 인근에 아는 지인이 있다며 그곳에서 며칠을 보내고 있는 이후종을 제거하기 위해 움직인 그들이다.

인근에 있는 높은 나무에 오른 채로 관천위와 남궁무는 전음으로 이야기를 나누고 있었다.

『저기 가장 왼편에 위치한 건물에 이후종이 있답니다.』

『그래? 장원 내부에 주둔하고 있는 무인의 숫자는 파악

되었는가?』

『장원 주인이 고용한 무사들이 몇 있다고는 하는데 대부분이 변변치 않습니다. 그들은 신경 쓰실 필요는 없을 것 같고, 이후종이 지내는 거처의 옆방에 있는 무인 두 명 정도가 그나마 번거롭긴 한데…… 소리 없이 제거하는 것 정도는 문제없습니다.』

실력 있는 무인이라고는 하지만 자신들에 비하면 십초지적도 되지 않는다.

하물며 은밀하게 잠입을 해서 선공을 펼친다면 단 일격에 죽일 수도 있으리라.

확신 가득한 남궁무의 전음에 고개를 끄덕이면서도 관천위는 다시금 주의를 줬다.

『알겠지만 이번 일은 결코 흔적을 남겨서도, 소란을 일으켜서도 안 되네. 그를 도울 그 두 명의 무인을 이후종이 눈치채지 못하게 먼저 제거하고 곧바로 놈의 목을 치지.』

『다른 이들에게도 그 부분에 대해 몇 번이고 상기시켜 뒀으니 걱정 안 하셔도 됩니다.』

『잘했군그래. 아, 그리고 이번 일이 끝나고 저 다섯 명의 처리는 자네에게 맡기지. 언제나처럼 뒷말 없도록 깔끔하게 부탁하네.』

『여부가 있겠습니까.』

그 이후로도 간단하게 전음을 통해 계획을 주고받은 둘은 이내 모든 결정을 끝내고는 나무 아래로 몸을 날렸다.

그리고 그 아래에서는 관하경을 비롯한 다섯 명의 복면인들이 대기하고 있었다.

선두에 자리한 관천위가 손을 까닥였다.

그 수신호를 시작으로 여덟 명의 무인들이 빠르게 장원을 향해 다가가기 시작했다.

속전속결.

시간을 끌수록 위험 부담이 크니 빠르게 끝내고 증거 없이 빠져나와야 한다. 담장이 그들의 앞을 가로막았지만 이 정도 높이 정도는 그저 간단한 도약만으로도 뛰어넘을 수 있었다.

자그마한 마을에 있는 장원이다 보니 경비라고는 딱히 있지 않은 이곳.

아무도 모르게 들어서는 건 누워서 떡 먹기처럼 어렵지 않았다.

이후종이 있는 가장 왼편 건물을 향해 여덟 명의 무인들이 빠르게 몸을 날렸다.

쉬쉬쉬식!

어둠을 가르며 바람처럼 달려든 여덟 명의 무인들은 건물 바깥에서 잠시 몸을 감춘 채로 안쪽의 기척을 살폈다.

그러고는 이내 별문제가 없다 생각했는지 서로 눈동자를 마주한 채로 작게 고개를 끄덕였다.

복면인 셋은 이후종의 수하들이 있다는 방 쪽으로 움직였고, 나머지 두 명과 관천위를 비롯한 관하경, 남궁무는 오늘의 목표인 이후종의 방을 향해 단번에 다가갔다.

빠르게 문으로 다가선 상태로 관천위가 손가락으로 복면인 둘을 지목하고는 이내 바닥을 가리켰다.

한마디로 이곳에 서서 바깥의 동태를 살피라는 것이었다.

수신호를 알아들은 복면인들이 고개를 끄덕이고 나서야 관천위가 조심스레 손을 뻗어 문가에 가져다 댔다.

상대는 추영신보라는 별호를 지닌 신법의 고수다.

다른 거라면 몰라도 그가 낌새를 차리고 도망친다면 일이 번거로워진다.

'반드시 죽여야 한다.'

스스로 다짐하며 관천위가 소리 없이 문을 열었다.

아주 천천히 열리기 시작한 문, 그리고 이내 문이 열리며 사람이 드나들 정도의 공간이 생기자 관천위는 이후종의 수하들을 제거하기 위해 자리한 세 명의 복면인들에게도 신호를 보냈다.

동시에 쳐야만 혹시 모를 변수를 제거할 수 있다 여겼다.

이후종의 방문이 열리고 눈빛을 받고서야 그 셋은 수하들을 제거하기 위해 그쪽 방 안으로 뛰어들었다.

그리고 그와 동시에 관천위는 관하경, 남궁무와 함께 빠르게 방 안으로 잠입했다.

어두운 방 안, 그렇지만 무인인 그들의 눈에는 방 한쪽에 위치한 침상이 똑똑히 들어왔다.

셋은 망설이지 않고 침상을 향해 번개처럼 달려들었다.

세 자루의 검이 약속이라도 한 것처럼 이불을 머리끝까지 덮고 누워 있는 상대의 몸에 쑤셔 박혔다.

피가 터져 나왔고, 동시에 진득한 혈향이 방 안을 채우기 시작했다. 은밀하게 움직인 덕분에 너무나도 수월하게 목표물은 제거한 상황, 남궁무가 재빠르게 입을 열었다.

"숨이 끊어졌는지 확인하겠습니다."

그런 그의 말에 관천위가 고개를 끄덕였고, 곧바로 남궁무는 손을 뻗어 피에 젖은 이불을 휙 젖혔다.

그런데……

숨이 붙어 있는지 확인하기 위해 이불을 젖혔던 남궁무의 표정이 일그러졌다.

침상에 자리하고 있는 건 자신들의 목표였던 이후종이 아니었다.

이후종이 아닌 다른 누군가가 사지를 결박당한 채로 이

불 안에 있다가 봉변을 당한 것이다.

입에 재갈을 물리지 않았음에도 아무런 소리조차 내지 않았던 걸 보니 혈도를 점혈당한 채로 있었던 게 분명했다.

놀란 남궁무의 눈빛을 본 관천위와 관하경 또한 빠르게 침상 위의 사내를 확인했고, 동시에 눈을 크게 치켜떴다.

이후종이 아니라는 것도 문제지만, 지금 이곳에 누워 있는 건…… 자신의 수하 중 하나였다.

그걸 보는 순간 관천위는 직감할 수 있었다.

'……당했다!'

서둘러 이곳을 빠져나가기 위해 막 몸을 돌리는 그 찰나.

쿠웅.

입구를 지키고 서 있던 두 명의 복면인이 곧바로 바닥으로 쓰러졌다.

그리고 쓰러진 그들 건너로 모습을 드러낸 여인과 노인.

그들의 존재를 확인한 관천위는 복면 안쪽에서 뿌드득 이를 갈았다.

비설과 도재하, 그 둘이 그곳에 선 채로 방 안에 있는 자신들을 바라보고 있었다. 그리고 그런 그 둘의 뒤쪽으로 몇몇 이들이 모습을 드러내기 시작했는데, 그 안에는 자신들의 표적이었던 이후종 또한 자리하고 있었다.

이후종은 방 안에 자리하고 있는 이들을 딱딱하게 굳은

얼굴로 바라봤다.

복면으로 얼굴을 감추고는 있지만 이후종은 이들이 누구인지 알 수 있었다.

그가 탄식하듯 말을 내뱉었다.

"어찌 이럴 수가……."

사실 이후종은 관천위를 배신하지 않았다.

끝까지 그를 따를 생각이었고, 그 생각은 방금 전까지만 해도 변함없었다.

바로 지금 저들이 자신을 죽이러 이곳에 나타나기 전까지는 말이다.

만약 관천위가 오늘 이곳에 모습을 드러내지 않았다면 해임안은 부결되었을 것이다.

관천위의 손을 들어 주는 셋 모두의 뜻은 변함없었으니까.

허나 관천위는 비설이 파 놓은 함정에 빠져 스스로의 목을 움켜쥔 꼴이 되어 버렸다.

비설은 인간의 두려움을 이용했다.

관천위의 편으로 알려져 있던 팽월이 배신했다는 사실을 일부러 바깥으로 흘렸다. 그 사실을 접한 관천위는 자신의 모든 걸 잃을까 봐 두려웠고, 누구도 믿지 않았다.

비설은 이어 준비했던 두 번째 계략을 펼쳤다.

바로 이후종과 자신들이 모종의 만남들을 가졌었다는 소문을 관천위의 귀에 들어가도록 만든 것이다. 비설은 확신하고 있었다.

상황이 이렇게 흐른다면 결국 관천위가 움직일 거라고 말이다.

결국 그는 모든 걸 잃을지도 모른다는 두려움에 젖어 뜻을 같이하는 동료를 치는 우를 범했다. 그리고 그런 움직임을 예상했던 비설은 비밀리에 관천위를 감시하다 그가 움직이는 걸 확인하고 곧바로 이후종을 찾았던 것이다.

지금 자신을 죽이러 관천위가 움직였다는 말에 이후종은 말도 안 되는 소리라 외쳤다.

그렇지만 도재하와 비설의 말을 그냥 무시할 순 없었고, 어차피 밑져야 본전이라는 생각에 자리를 피해 있었던 것이다.

그리고 이후종의 침상에는 도재하가 제압해서 점혈해 둔 관천위의 수하로 하여금 대신 자리하게 하였다.

관천위가 그럴 리 없다고 믿었던 이후종이었지만 자신의 거처로 들어가 침상에 있는 자를 무참하게 죽인 그들을 본 지금 그 믿음은 산산이 부서졌다.

이후종의 얼굴에 짙은 분노가 드리웠다.

자신을 죽이려 했다는 것에도 화가 났고, 정파를 부활시켜야 할 중대한 위치에 있는 북천회의 회주라는 작자가 자신의 욕심을 채우기 위해 해선 안 될 짓을 벌인 것도 기가 막혔다.

이런 자를 자신이 믿고 따랐다니…… 실로 개탄스러울 뿐이다.

부들부들 떨고 있던 이후종이 도재하를 향해 말했다.

"덕분에 살았습니다. 이 은혜를 어찌 갚아야 할지 모르겠군요."

"당연한 일을 했을 뿐이네. 같은 북천회의 식구 아니던가."

덤덤하니 말하는 도재하를 향해 이후종은 크게 고개를 끄덕였다.

확고했던 관천위에 대한 충심은 그가 복면을 쓴 채로 자신의 방 문턱을 넘었을 때 사라졌다.

이후종이 말했다.

"어르신의 뜻을 따르겠습니다."

"고맙네."

그 어떠한 설득에도 넘어가지 않던 이후종의 마음을 돌린 건 우습게도 관천위였다.

상황이 돌아가는 걸 보며 모든 것들을 예측해 낸 관천위는 자신의 검에 손을 가져다 댔다.

지금의 이 상황은 도망치는 것만으로 해결되지 않는다.

　복면으로 얼굴을 가린 상황.

　바보가 아닌 이상 저들 또한 이미 알고는 있겠지만 잡혀서 복면까지 벗겨지지 않는 이상 그것은 의심일 뿐 증거가 되지는 못한다.

　모함이라고 부득부득 우기면 그만.

　문제는 바로 이후종이다.

　그가 마음을 돌리게 됐다면…… 어차피 이곳에서 도망친다 해도 자신은 모든 걸 잃는다.

　'죽여야 한다. 이곳에 있는 모두를.'

　숫자는 얼추 비슷했다.

　자잘한 자들을 제외하고 실력 있는 무인은 셋.

　도재하와 이후종, 그리고 비설이다.

　그리고 자신들 또한 기가 막히게도 똑같이 숫자가 맞아떨어졌다.

　이후종은 강한 무인이지만 남궁무를 이길 순 없을 터.

　남은 건 자신이 도재하를 꺾고, 관하경이 비설을 죽일 수 있느냐에 달렸다.

　관천위는 굳어 있는 둘에게 자신의 뜻을 알렸다.

　『여기 있는 모두를 죽여야 해. 그렇지 않고서는 우리가 위험해. 각자가 하나씩 맡고 최대한 빠르게 상대를 죽이고 다른 이를 돕도록 하지.』

죽이자는 말에 관하경의 눈동자가 흔들렸다.

비설에게 흑심이 있는 그였기에 그녀를 죽이는 게 못내 내키진 않았지만…… 그렇다고 해서 모든 걸 잃으면서까지 그녀를 가지고 싶지는 않았다.

두 사람이 고개를 끄덕일 무렵 반대편에 있던 비설이 그들을 향해 걸음을 옮기기 시작했다.

그녀가 담담하니 말을 걸어왔다.

"답답하실 텐데 그 복면 안 벗으세요?"

"……아쉽게도 내 얼굴을 볼 기회는 없을 것 같군."

눈동자에 살기를 띤 채로 관천위가 대꾸했다.

누군지 아는 건 알지만 그렇다고 해서 대놓고 얼굴을 보여 주고 싸우고 싶지는 않았다. 혹시 모를 나중을 대비해서다.

그런 그의 속내를 읽기라도 한 것처럼 비설이 피식 웃으며 말했다.

"고마워요. 회주가 아닌 암살자로 내 앞에 나타나 줘서. 사실 일이 틀어져서 회주의 신분인 당신과 싸우게 되면 어떻게 하나 걱정했거든요."

북천회의 내전만큼은 어떻게든 피하고자 했던 비설이다.

그런 그녀였기에 이런 계획을 꾸몄고, 관천위는 놀라울

정도로 완벽하게 그 함정 안으로 빠져들었다.

평소였다면 자신과 회주인 관천위가 싸우는 것만으로도 북천회는 두 개로 나뉘어져 큰 내전이 벌어질 게 분명했다.

그렇지만 지금은 아니다.

복면을 쓰고 나타난 그 순간부터 그는 북천회의 회주가 아닌 암살자로 비설의 앞에 있는 것이었으니까. 그 누구도 지금과 같은 악행을 저지른 관천위의 편에 서지 않을 것이다.

비설이 천천히 자미쌍검을 뽑아 들며 말했다.

"알아서 제 계획대로 이리 암살자로 제 앞에 나타나 주셨으니…… 이제는 싸워도 문제 될 건 없겠죠?"

"겨우 이 정도로 끝났다 생각한다면 오산이다."

자신감 가득한 비설을 향해 관천위가 한마디 쏘아붙이는 순간이었다.

빠져나온 자미쌍검을 가볍게 휘젓기 시작한 비설이 그들에게 향하는 발걸음에 보다 힘을 주었다.

그녀의 몸이 빠른 속도로 세 사람을 향해 달려가기 시작했다.

달려가던 비설의 눈동자에 언뜻 혁련휘의 모습이 스쳤다가 사라졌다.

그리운 그 모습에 비설은 보다 강하게 검을 움켜쥐었다.

'형님…… 곧 돌아갑니다.'

그녀의 손에 들린 자미쌍검에서 화산의 절초들이 기다렸다는 듯 쏟아져 나왔다.

모여 있는 그들을 향해 화산이 자랑하는 이십사수매화검법(二十四手梅花劍法)이 쏟아져 나왔다.

문제는 비설의 막대한 내공과 겹쳐지며 초식 하나하나가 원래보다 몇 곱절 이상은 강해져 있다는 것이었다.

그녀의 공격에 건물 안에 자리하고 있던 이들이 쏜살같이 바깥으로 몸을 날렸다.

콰콰쾅!

순식간에 건물을 무너트린 그녀의 검은 목표를 놓치지 않고 빠르게 뒤쫓았다.

가장 먼저 자미쌍검이 노리고 들어간 것은 회주 관천위였다.

쉬잇!

날아드는 검, 그렇지만 그걸 받은 건 관하경이었다.

그가 빠르게 검을 회전시키며 아래에서부터 비설의 자미쌍검을 치고 들어왔다.

탕탕탕!

연달아 펼쳐지는 검법은 소림의 달마십삼검이었다.

비설 또한 그런 그의 공격에 지지 않고 이십사수매화검

법으로 맞섰다.

둘의 공격이 얽히고 들어가는 순간 관천위는 애초의 목적대로 자신의 적으로 점찍은 도재하를 향해 다가갔다.

그리고 그 틈을 이용해 남궁무 또한 이후종과 마주했다.

도재하의 앞에 선 관천위는 검을 뽑아 들었다.

스르르릉.

검집을 타고 흘러나오는 소리가 이상할 정도로 청명하다.

검을 쥔 손에 힘을 불어 넣는 관천위는 흥분된 상태였다.

도재하, 언제나 자신을 이인자로만 머물게 했던 자.

그 지독한 악연을…… 오늘 이 자리에서 끊는다.

두 사람이 서로를 향해 달려들었다.

한 시대를 풍미하는 절대고수들의 격돌에 주변의 천지가 울부짖기 시작했다.

그리고 그런 둘과 마찬가지로 비설과 관하경의 싸움 또한 치열했다.

정파의 비밀 병기로 키워진 비설, 그리고 그건 관하경도 똑같았다.

그녀가 정파의 수많은 무공들을 익히고 어릴 때부터 온갖 영약을 먹어 왔던 것처럼 관하경 또한 관천위의 보살핌 속에서 많은 지원을 받으며 자랐다.

애초부터 비설의 자리를 대신하기 위해 만들어진 존재.

그런 그가 약할 리가 없었다.

탕탕탕!

허공을 솟구쳐 오른 두 사람의 검이 수십 번이고 충돌했다.

단순하게 검을 휘두르는 와중에서도 둘 주변으로 검기가 미친 듯이 요동쳤다.

서로를 잡아먹기라도 할 것처럼 달려드는 검기의 가닥들이 충돌하며 폭발이 일었다.

쿠웅!

땅에 떨어져 내리기 무섭게 비설이 먼저 팽이처럼 회전하며 치고 올라갔다.

타타탕!

하반신부터 상반신까지 연신 빠르게 베고 들어오는 공격을 받아 낸 관하경이 재빠르게 손가락을 움직였다.

그의 손가락 끝에 맺혔던 하얀 기운이 섬광이 되어 쏘아져 나갔다.

쒜에엑!

날아드는 지공을 눈치챈 비설은 그대로 뒤로 회전하며 날아드는 공격들을 어렵지 않게 피해 냈다. 그리고 바닥에 착지하는 것과 동시에 그녀의 몸 주변으로 폭풍처럼 기운이 밀려 나갔다.

콰드드득!

주변의 것들을 파괴하며 뻗어져 나간 힘이 관하경을 집어삼켰다.

그리고 이내 밝은 빛이 사라진 그곳.

그곳에는 멀쩡하게 서 있는 관하경이 있었다. 대신 그의 옷자락 끝 부분은 마치 불에 탄 듯이 그을려 있었고, 마찬가지로 손에 들린 검 또한 부러질 듯이 갈라져 있었다.

관하경이 자신의 검을 바닥에 툭 하고 내던지고는 이내 죽어 있는 복면인의 무기를 대신해서 들어 올렸다.

그가 가볍게 검을 쥔 채로 비설을 응시했다.

'여간내기가 아니네.'

내공이 상상을 초월한다.

재능도 있고 어렸을 때부터 특별한 훈련을 받았다고 전해 들었지만 그래도 자신이 압도할 수 있을 거라 여겼다.

그만큼 스스로의 능력에 자부심이 있었으니까.

그런데 막상 마주한 비설이라는 여인은…… 생각보다 더욱 까다로운 상대였다.

'빠르게 끝내야 하는데.'

힐끔 쳐다본 주변의 상황은 그리 좋지 않았다.

남궁무가 더 유리한 싸움이었지만 이후종의 옆에 있는

자들은 자신들이 데리고 온 복면인들보다 강했다.

그 때문에 얼추 힘의 추가 맞춰지는 상황. 문제는 관천위가 도재하에게 밀리고 있다는 거다.

서둘러 돕지 않는다면 결국 관천위는 도재하에게 패할 것이고, 그렇게 되면 그 이후의 일이 어찌 될지는 뻔하다.

아무리 관하경이 뛰어나다 해도 비설과 도재하 둘을 동시에 상대할 수는 없었으니까.

"후우."

짧은 숨을 토해 낸 관하경은 곧바로 모든 감각을 집중시켰다.

단번에 비설을 이곳에 묻어 버리기라도 하려는 심산인지 그가 선택한 것은 다름 아닌 강룡십팔장이었다.

개방이 자랑하는 최강의 장법.

그런 관하경의 주변에서 퍼져 나오기 시작한 강맹한 기운에 비설은 그가 지금 강룡십팔장을 준비하고 있다는 사실을 알아차렸다.

질세라 비설 또한 내공을 끌어모았다.

강룡십팔장이라면 그녀 또한 자신 있었으니까.

그리고 둘의 힘이 절정에 달하는 바로 그 순간, 근처에서 이후종과 싸우고 있던 남궁무에게 관하경이 빠르게 전음을 날렸다.

『한 번만 비설의 집중력을 흐트러트려 주시죠.』

전음을 전해 듣기 무섭게 남궁무는 이후종의 검을 위로 쳐 내며 몸을 뒤로 쫙 젖혔다.

그리고 동시에 그의 손바닥을 타고 검이 비설을 향해 날아들었다.

관하경의 강룡십팔장에 대적하기 위해 준비를 하고 있던 비설의 옆에서 빠른 속도로 검이 날아들었다.

슈욱!

눈치채기 힘들 정도로 은밀하고 빠른 공격이었지만 온 신경을 관하경에게 집중한 와중에서도 비설은 그 움직임을 읽어 냈다.

그녀가 서둘러 몸을 옆으로 젖혔고, 내기가 살짝 흐트러지는 그 순간을 관하경은 놓치지 않았다.

쏴아아아!

밀려드는 파도와도 같은 힘.

그리고 그 힘이 이내 폭발하듯 비설을 향해 쏘아져 나갔다.

새하얀 빛살에 뒤덮이는 순간 그녀 또한 서둘러 내공을 다시금 불러일으켰다.

콰아앙!

폭발과 함께 인근이 터져 나갔다.

그렇지만 두 개의 힘이 충돌하는 지점이 워낙 비설에게
가까워서였을까?

무너져서 이미 엉망이 되어 버린 건물 더미를 향해 그녀
의 몸이 튕겨져 나갔다.

"쿨럭!"

돌에 강하게 충돌하며 비설의 입에서 먼저 피가 터져 나
왔다. 그리고 건물더미 속에 처박힌 탓에 옷 또한 엉망이
되어 버린 상황.

강룡십팔장의 공력은 결코 가볍지 않았고, 그 충격파를
몸으로 받게 되니 제아무리 비설이라고 해도 적잖이 타격
을 입은 모양새였다.

사실 그런 와중에서도 강기를 일으켜 강룡십팔장을 받아
냈다는 것 자체가 신기에 가까운 능력이다. 물론 그 충격파
가 가까웠던 탓에 부상은 피할 수 없었지만 말이다.

보통 사람이라면 온몸의 뼈가 으깨져도 이상할 것 없는
상황.

그렇지만 비설은 그 무너진 돌무더기들 사이에서 몸을
일으켜 세웠다.

틀어박힐 때 이마를 다쳤는지 흘러내린 피가 눈으로 스
며들려 하고 있었다.

손등으로 피를 닦아 낸 비설이 돌무더기들에서 걸어 나

왔고, 그런 그녀를 바라보며 관하경이 대단하다는 듯 말했다.

"뭐야? 멀쩡하네?"

"이 정도로 쓰러질 줄 알았어요?"

강룡십팔장의 충격을 가까이에서 받았지만 그 정도로 쓰러질 약한 여인이 아니다. 여전히 변함없는 비설의 투기에 관하경이 말했다.

"넌 나 못 이겨."

"그건 그쪽 생각이고요. 다른 사람의 도움이 없었다면 지금 피투성이가 된 건 당신일걸요."

픽 웃으며 대꾸한 비설이 재차 자미쌍검에 내공을 끌어모았다. 그런 그녀를 바라보던 관하경은 입맛을 다셨다.

저 여인에 대한 욕심이 쉽사리 가시지 않는다.

뛰어난 능력, 그리고 피에 젖은 얼굴로 지어 보이는 저 미소마저도 너무나 매력적으로 다가온다. 이곳에서 죽인다는 게 내키지 않았기에 관하경이 그녀에게 다시금 제의했다.

"그냥 내 여자가 되면 어떻겠어. 그토록 좋아하던 낭군도 죽은 이 마당에 굳이 이렇게까지 싸워야 할 필요 없잖아? 그냥 여기까지 하고 우리를 도와준다면 내가 특별히 말씀드려서 너 하나는……."

"지금 뭐라고 했어요?"

말을 내뱉는 관하경의 말을 자르며 비설이 다급하게 물었다.

갑자기 흥분한 듯한 모습을 보이는 비설의 모습에 관하경이 채 말을 잇기도 전이었다.

비설이 재차 물었다.

"죽다뇨? 지금 누구 이야기하는 거예요?"

"뭐야, 설마 몰랐어? 마교의 교주가 천마총으로 가던 길에 기습을 당해서 죽었는지 실종됐는지 한다던데."

어제 전해 들은 마교의 일에 대해 발설하며 관하경은 재미있다는 듯 눈웃음을 지었다.

북천회 내부의 일을 해결하기 위해 모든 걸 집중하기도 했고, 딱히 정보망을 지니고 있지도 않은 비설이었기에 혁련휘에 대한 정보를 듣지 못했던 상황이다.

충격적인 말에 잠시 멍하니 서 있던 비설이 이내 입술을 꽉 깨문 채로 물었다.

"아는 거 전부 말해요."

협박에 가까운 비설의 경고에 관하경이 픽 웃으며 말했다.

"내가 왜? 내가 그래야 할 이유가……."

바로 그때였다.

뻐억!

갑자기 날아든 비설의 권풍이 그의 가슴에 적중했다. 막아 내기도 힘들 정도로 빠르게 날아든 탓에 관하경은 채 방비조차 하지 못했다.

정확하게 일격을 허용한 그가 뒷걸음질 쳤다.

가슴뼈가 으깨져 나간 것처럼 고통이 치밀어 올랐다.

"이게 기껏 좋게 봐주려 했더니……!"

기세 좋게 고개를 치켜들던 관하경은 비설과 시선이 마주하는 그 순간 거짓말처럼 얼어붙었다.

피를 흘리는 와중에서도 웃고 있던 그녀의 표정이 싸늘하게 변해 있었다.

그런 비설의 모습에 관하경은 자신도 모르게 전신의 모든 감각들이 긴장되는 것을 느꼈다.

여태까지와는 비교도 안 될 정도의 살기다.

비설이 자미쌍검을 고쳐 잡은 채로 거치적거리는 돌덩이를 발로 팍 차서 부숴 버리며 걸어 나왔다. 그녀가 웃음기하나 없는 얼굴로 입을 열었다.

"빨리 끝내죠. 당신에게 물어볼 게 생겼거든요."

그녀는 무척이나 화가 났다.

*　　　*　　　*

마교와 그리 멀지 않은 곳에 다다른 신도율은 부상으로 인해 요양 중인 소일홍의 거처를 찾았다. 갑작스레 모습을 드러낸 신도율을 향해 거처를 지키고 있던 무인들이 다급히 예를 갖췄다.

신도율은 그런 그들의 얼굴을 슬쩍 확인하고는 명령을 내렸다.

"다들 물러가 있어라."

"존명."

신도율의 명령에 입구를 지키고 있던 무인들이 재빠르게 멀어졌다.

그들이 사라진 걸 확인하고서야 그는 천막 안으로 걸어 들어갔다.

그리고 그곳에는 간이 침상에 누워 있는 소일홍이 자리하고 있었다. 그녀는 혁련휘에게 당했던 내상이 너무나 커서 회복 중이었다.

내공조차 제대로 운기하지 못할 정도로 엉망인 몸 상태, 그렇지만 자신의 거처에 신도율이 나타나자 그녀는 침상에서 몸을 일으켰다.

"오셨어요?"

"몸은 좀 어때?"

"이제 좀 많이 나아졌어요."

대답하는 소일홍의 침상의 옆으로 다가간 신도율이 그곳에 자리했다.

거리가 가까워지자 소일홍이 좋다는 듯 그의 목에 팔을 둘렀다.

반쯤 안긴 자세로 소일홍이 말을 이었다.

"이제 정말 마교가 눈앞이네요. 아마 내일쯤이면 도달할 수 있겠죠. 그리고 내일이 바로…… 당신이 그토록 염원하던 꿈을 이루는 날이 될 거예요."

"고맙군. 네 도움이 컸다."

"무슨 소리를요. 당연히 해야 할 일을 한 것뿐인걸요."

말을 내뱉은 그녀가 슬며시 신도율의 입가로 자신의 입술을 가져다 댔다.

잠시간 서로의 입술을 미친 듯이 탐하던 중 신도율이 천천히 고개를 뗐다.

소일홍의 눈동자를 지그시 바라보던 신도율이 이내 물었다.

"네가 나를 위해 해 줬으면 하는 게 하나 있는데…… 해 줄 수 있겠느냐?"

신도율의 말에 소일홍은 망설이지도 않고 고개를 끄덕였다.

"그럼요. 당신을 위한 일이라면 무슨 일이든 하죠."

"고맙구나. 그리 말하니 나도 맘 편히 할 수 있겠어."

말을 마친 신도율의 손이 그녀의 머리를 가만히 쓰다듬었다.

신도율의 손길을 느끼며 미소를 머금고 있던 소일홍이 그를 향해 말해 보라는 듯 고개를 끄덕였다.

그런 그녀를 향해 신도율이 천천히 말했다.

"나를 위해 죽어다오."

"네? 그게 무슨…… 컥!"

전혀 생각지도 못한 말에 되묻고 있던 소일홍이 고통에 찬 신음 소리를 나지막이 토해 냈다. 신도율의 손이 강하게 그녀의 목을 움켜잡은 탓이다.

무공도 쓸 수 없는 상태, 거기다가 강하게 목이 졸리며 숨도 쉬지 못하게 되자 소일홍의 얼굴은 순식간에 붉어졌다.

그녀는 어떻게든 손을 떼려는지 자신의 목을 조르고 있는 신도율의 손목을 움켜잡았다.

허나 혁련휘에게 당하면서 양손 모두가 엉망이 되어 붕대까지 돌돌 말고 있는 상황. 힘조차 잘 들어가지 않는 지금, 신도율의 손을 떼어 내는 건 역부족이었다.

호흡 부족으로 인해 새빨갛게 변해 가는 소일홍의 얼굴.

그 순간 신도율이 목을 조르고 있는 반대편 손으로 품 안에 준비해 두었던 단검 하나를 꺼내어 들었다.

"컥컥."

소일홍이 짧게 소리를 토해 냈다.

숨을 못 쉬고 고통받는 와중에도 소일홍은 지금 이 상황이 이해가 안 간다는 눈빛을 하고 있었다.

그런 그녀의 목을 움켜쥔 손에 더욱 힘을 주며 신도율이 말했다.

"너는 봐선 안 될 것을 보지 않았더냐."

십여 년 전의 그 일.

혁무조에게 자신이 패했고, 소일홍이 개입한 덕분에 간신히 살아서 도망칠 수 있었던 바로 그 일을 말하는 것이다.

그것은 신도율에게 씻을 수 없는 수치였다.

패했다는 것도 인정하고 싶지 않았거늘, 그때의 비참했던 모습을 알고 있는 사람이 있었으니 그것이 바로 소일홍이었다.

모두가 몰라야 할 수치, 그걸 안다는 것만으로도 소일홍은 죽어야 했다.

신도율이 단검을 천천히 그녀의 가슴팍에 가져다 대며 손에 조금씩 더 힘을 불어 넣기 시작했다. 그가 이제는 새빨갛다 못해 터져 버릴 것 같이 달아오른 얼굴의 소일홍에게 천천히 단검을 쑤셔 박았다.

푸우욱.

단검이 박히는 것과 동시에 피가 터져 나왔다.

어떻게든 살겠다고 바동거리는 그녀의 마지막 움직임이 목을 움켜쥐고 있는 손바닥을 타고 올라온다. 그렇지만 신도율은 그에 아랑곳하지 않은 채 보다 더 강하게 힘을 주며 입을 열었다.

"많이 좋아했다. 많이 사랑했고. 그러니…… 나를 위해 죽어라."

신도율의 그 마지막 말을 들으며 부들거리며 떨던 소일홍의 눈동자가 점점 흐릿하게 변해 가고 있었다. 그리고 이내 어떻게든 떼기 위해 신도율의 손목을 움켜잡고 있던 소일홍의 손이 천천히 떨어져 내렸다.

툭.

바닥으로 떨어진 손을 지그시 바라보던 신도율이 천천히 침상에서 몸을 일으켜 세웠다.

죽어 버린 수하, 그리고 자신의 여인.

허나 그런 소중한 사람이 죽었음에도 불구하고 신도율은 일말의 죄책감도 느끼지 않았다. 오히려 자신의 수치스러운 모습을 직접 보았던 이가 없어졌다는 사실에 입가에 절로 미소가 그려진다.

신도율은 소일홍을 찔렀던 단검을 자신의 미간 쪽에 천천히 가져다 댔다.

그러고는 자신의 얼굴을 가리고 있는 앞머리를 손으로 움켜쥐더니 이내 그걸 단검으로 싹둑 잘라 냈다.

후두둑.

떨어져 내리는 머리카락의 뒤편에서 항상 감춰 왔던 그의 얼굴이 세상에 드러났다.

나이에 비해 무척이나 젊어 보이는 얼굴.

무척이나 준수한 외모의 그는 깔끔한 인상의 소유자였다.

지나쳐 갈 때 누구나 한 번쯤은 시선을 줄 정도의 외모를 지녔고, 눈동자는 웃고 있는 와중에서도 한기가 풍겨져 나온다.

혁무조에게 패한 이후 계속해서 길러 왔던 앞머리다.

그리고 이건 비단 얼굴을 가리기 위해서만 길러 왔던 게 아니다.

부끄러웠다.

혁무조에게 당했던 그 패배는 인생에 다시없을 수치였다.

그런 수치를 당하고 고개를 들고 살 수 없다 여겼기에 머리를 길렀고, 얼굴을 가린 채로 살아왔다.

　손에 한 움큼 쥐고 있던 머리카락을 바닥에 확 하고 뿌린 신도율이 이내 천막 바깥으로 나와 고개를 치켜들었다.

　머리카락으로 가리지 않고 얼마 만에 올려다보는 하늘인가.

　그가 입가에 미소를 머금은 채로 나지막이 중얼거렸다.

　"내 치욕을 아는 자들이 모두 죽었으니…… 이제야 하늘을 볼 수 있겠군."

3장. 접선

— 만나야겠군

피투성이의 얼굴.

그렇지만 피로 얼룩진 얼굴 너머로 보이는 진득한 살기가 사람을 긴장시킨다.

혁련휘의 현재 상황을 알게 된 비설의 몸 주변으로 파동이 일었다.

파앙!

박차고 날아간 비설의 자미쌍검이 빠르게 회오리쳤다.

파파팍!

연달아 밀려드는 찌르기.

그런데 그 찌르기에 점점 속도가 붙기 시작했다. 그리고는 급기야 그 움직임조차 파악하기 힘들 수준에 이르렀다.

점창파 최고의 절기로 일컬어지는 사일검법(射日劍法)이다.

태양조차도 떨어트렸다는 이름처럼 빠르고 강맹한 찌르기 위주로 구성된 점창파의 무공이다.

무서울 정도로 밀려들어 오는 비설의 사일검법을 막기 위해 관하경은 화산파의 백팔식광풍쾌검(百八式狂風快劍)으로 맞대응했다.

좌라락!

두 사람의 검이 마치 자석이라도 된 것처럼 서로에게 붙은 채로 연달아 상대를 향해 밀려 나가기를 반복했다.

그만큼 둘의 눈이 정확하게 상대방의 검로를 읽었고, 그에 맞대응했기에 가능한 일이다.

숨 한 번 몰아쉴 정도의 짧은 순간, 그 사이에 오고 간 수많은 공격들.

둘은 호흡조차도 아끼면서 연달아 공격을 펼쳐 댔다.

찰나의 순간이 승패를 바꿀 수도 있는 상황, 호흡을 내뱉는 것만으로도 치명적인 빈틈이 생길 수 있었기에 둘 모두가 약속이라도 한 것처럼 평소보다 훨씬 짧게 숨을 가져가며 상대를 향해 검을 휘둘렀다.

그런데 시간이 갈수록 관하경의 표정이 조금씩 일그러졌

다.

파파팡!

밀려드는 찌르기를 간신히 검날로 받아 낸 관하경은 얼얼한 손목의 고통을 느끼기도 전에 재차 비설의 공격을 막아 내야만 했다.

그의 안색이 굳어졌다.

'……점점 빨라지고 있어.'

점창을 대표하는 무공이라 일컬어질 만큼 사일검법은 대단한 힘과 속도를 지녔다. 그런데 비설의 사일검법은 그런 점창의 기본 틀을 벗어나도 완전히 벗어나 있었다.

두 자루로 펼치는 사일검법.

허나 두 개로 펼친다 하여 무조건적으로 더 강할 순 없다.

하나로 펼칠 때보다 더욱 많은 걸 염두에 두어야 하고, 또 그 하나하나의 위력은 상대적으로 떨어질 수밖에 없다.

그런데…… 지금 이건 대체 뭐란 말인가?

두 자루에서 펼쳐져 나오고 있거늘 하나하나가 전혀 위력이 반감되지 않았다. 그 탓에 지금 관하경은 흡사 두 명의 점창의 고수와 싸우고 있는 듯한 착각이 들 정도였다.

피잇!

검이 옷자락을 물고 늘어지듯 그의 옷섶을 베고 지나갔

다.

그리고 그 검로를 따라 생겨난 상처에서 피가 터져 나왔다.

"윽!"

관하경이 당황한 듯 비명과 함께 뒤로 물러났다.

그리 큰 부상이 아니었음에도 불구하고 관하경은 순간적으로나마 흔들리고 있었다. 그 모습을 보는 순간 비설의 눈동자가 빛났다.

관하경의 치명적인 약점을 찾은 탓이다.

같은 비밀 병기, 그렇지만 둘은 엄연히 달랐다.

북천회에 소속된 문파들의 수많은 절기들과 영약을 접해왔다. 재능도 있는 이들이 그런 말도 안 되는 도움까지 받게 되었으니 내공과 무공이 뛰어난 건 당연하다.

허나 그런 것들로 채울 수 없는 게 있다.

바로 용기와 경험이다.

비설과 관하경은 비슷한 훈련을 했고, 절세의 영약도 먹었지만 둘의 차이는 생각보다 컸다. 그녀는 세상 그 누구에게 뒤지지 않을 정도로 용감했고, 또 숱한 목숨을 건 싸움들을 해 왔었다.

그에 비해 관하경은 그렇지 않았다.

온실 속의 화초처럼 관천위의 뒤에 숨어 자신의 존재를

감춰 왔다. 그 탓에 그는 진짜 목숨을 건 싸움이라는 걸 경험해 보지 못했다.

왜냐하면 존재를 완전히 감춰야 했으니까.

모습을 드러내면 안 됐기에 그 어떠한 싸움도 제대로 해본 적 없는 관하경이다.

수많은 싸움터를 전전해 온 비설과 그런 그가 같을 리없었다.

비설이 검을 비스듬히 세운 채로 말했다.

"당신, 목숨을 건 싸움…… 해 본 적 없군요."

"누, 누구한테 지껄이는 거야?"

"뭐, 곧 알 수 있겠죠."

말을 마친 비설은 다시금 관하경을 향해 달려들었다. 그녀는 재차 사일검법을 펼치며 관하경의 빈틈을 노리고 찔러 들었다.

매섭게 파고드는 비설의 공격을 황급히 받아 내던 그의 시선이 자연스레 뒤쪽에서 이후종의 패거리들과 싸움을 이어 가는 남궁무에게로 향했다.

그의 도움으로 비설에게 일격을 먹이는 데 성공했다.

그랬기에 관하경은 서둘러 그에게 다시금 전음을 날렸다.

『다시 한 번만 도와주셔야겠습니다.』

『…….』

이후종 패거리들과 검을 섞고 있던 남궁무가 관하경의 전음에 미간을 찡그렸다.

아까 전에도 이후종의 공격을 피함과 동시에 비설을 향해 자신의 검을 날렸다.

그리고 가까스로 다른 이의 검을 뺏어서 간신히 흐트러진 분위기를 정비하고 있는 상황인데…….

'망할 새끼!'

속으로 욕설이 터져 나왔지만 지금의 상황을 남궁무 또한 잘 알았다. 관천위나 관하경, 둘 중 누구 하나라도 자유롭게 움직일 수 있어야 이 싸움을 매듭지을 수 있다.

결국 남궁무는 선택을 해야만 했다.

날아드는 공격을 피해 냄과 동시에 남궁무는 빙그르르 회전하며 재차 비설의 등을 향해 손에 들린 검을 쏘아 냈다.

쏴아!

그 순간 이상한 일이 벌어졌다.

멀어지던 검이 이상하게 다가온다는 생각이 든 것이다.

'어어?'

그리고 이내 그것이 자신이 던진 검이 아니라는 것을 깨닫는 바로 그 순간, 날아든 검이 복부에 틀어박혔다.

푸욱!

복부로 검이 파고듦을 느낌과 동시에 남궁무에게 커다란 고통이 밀려들었다.

그가 천천히 고개를 들어 올려 검이 날아든 쪽을 바라봤다.

그리고 그곳엔 너무도 멀쩡한 비설이 있었다.

자신의 복부에 틀어박힌 자색의 검을 보며 남궁무는 지금의 이 상황이 어찌 된 것인지 어렴풋이 짐작할 수 있었다.

이미 비설의 머리에는 관하경이 다시금 남궁무를 이용할 것이라는 계산이 들어 있었다. 그랬기에 사일검법을 펼치는 와중에도 계속해서 남궁무의 움직임을 예의 주시하고 있었다.

그러던 차에 움직인 남궁무, 그리고 그 기회를 놓치지 않고 비설 또한 균형이 무너진 그를 향해 자신의 자미쌍검 중 한 자루를 쏘아 보냈다.

사일검법 자체가 활을 쏘아 태양을 떨어트렸다는 유래에서 만들어진 검법, 그녀는 검을 손바닥으로 쳐서 마치 활처럼 날려 보내 남궁무에게 치명상을 입힌 것이다.

복부에 검이 틀어박힌 그 상태로 남궁무는 점점 멍해지는 자신의 시선을 느끼다 이내 주변에서 달려드는 다른 이들의 모습을 보게 됐다.

슬쩍 열린 그의 입에서 피와 함께 나지막한 탄식이 터져 나왔다.

"이런 망할……."

쿠웅!

그리고 그 순간 나머지 인원들이 남궁무를 뒤덮었다.

간신히 이 싸움을 버티게 하던 세 개의 축 중 하나를 무너트린 이후종과 그의 수하들이 막 비설을 돕기 위해 움직이려 할 때였다.

매섭게 몰아치던 그녀가 소리쳤다.

"사부님을 도와주세요!"

비설의 말에 이후종은 고개를 끄덕이고는 수하들과 함께 도재하와 관천위의 싸움에 개입했다. 가뜩이나 밀리고 있던 관천위로서는 또 다른 이들의 개입에 더욱 심하게 흔들릴 수밖에 없었다.

그리고 그 순간을 놓치지 않고 도재하의 태청검법(太淸劍法)이 관천위의 팔 하나를 날려 버렸다.

"크윽!"

그의 고통스러운 비명 소리를 뒤로한 채 비설은 앞에 있는 상대를 응시했다.

남궁무가 무너지며 이미 승부의 추가 기울었다.

남은 건 자신이 보다 빠르게 관하경을 제압하는 일뿐이었다.

혁련휘에게 무슨 일이 생겼다는 걸 알기에 비설은 더는 시간을 끌지 않았다.

'끝낸다.'

분명 재능은 있다.

뛰어난 무공을 몸에 담을 정도의 그릇이고, 또 어렸을 때부터 좋은 가르침과 온갖 영약을 먹어 댔을 게다.

아마도 더욱 많은 시간이 지났다면 지금보다 훨씬 뛰어난 무인이 되었겠지만…….

비설이 천천히 발을 움직이기 시작했다.

그녀의 몸 주변에서 시작된 미약한 바람은 곧 커다란 태풍이 되어 휘몰아쳤다.

타악!

달려드는 그녀의 몸 주변으로 아지랑이처럼 피어오르는 수십 개의 검기, 그리고 동시에 검은 매서울 정도로 빠르게 다가온다.

관하경은 이를 악물었다.

'어떻게든 내가 싸움만 끝내기만 한다면…… 아직 승산은 있다.'

관하경이 비설을 향해 마찬가지로 몸을 날렸다.

두 사람의 거리가 순식간에 좁아지는 그 찰나, 달려들던 비설이 달려오던 보폭을 갑자기 늘리며 반보 정도 앞을 강하게 밟았다.

동시에 그녀의 속도가 거짓말처럼 느려지는 그 찰나였다.

비설은 양발로 땅을 박차며 옆으로 회전했다.

동시에 그녀의 뒤편에서 여태까지 보이지 않던 검 한 자루가 날아들고 있었다.

슈우웅!

남궁무의 몸에 박혀 있던 자미쌍검의 한 짝이 주인의 부름에 응하여 매섭게 쏘아졌던 것이다.

'이기어검!'

생각지도 못한 비설의 이기어검에 놀란 관하경은 다급히 걸음을 멈추려 했다.

하지만 속도가 워낙 빠른 탓에 갑자기 몸을 멈추는 건 생각보다 늦어졌다. 다급히 걸음을 멈춘 그가 이기어검으로 날아든 자미쌍검을 가까스로 막아 내는 그때였다.

뒤편에서 회전하던 비설의 몸이 어느덧 지척에 다가와 있었다.

파악!

수십 개의 검기와 함께 휩쓸 듯 다가오는 그녀의 검이

호랑이의 발톱처럼 그의 가슴을 할퀴고 지나갔다.

순간적으로 베고 지나간 비설.

멍하니 서 있던 관하경이 천천히 손으로 자신의 가슴에 가져다 댔다.

그러자 멀쩡했던 가슴에 거짓말처럼 수십 개의 상처와 함께 피가 터져 나왔다.

"크윽!"

그가 엄청난 양의 피를 쏟으며 그대로 무릎을 꿇었다. 움켜쥔 손가락 사이로 연신 피가 쉼 없이 흘러나오고 있었다.

그런 그를 베고 스쳐 지나갔던 비설이 뒤편에서 검을 집어넣었다.

순식간에 치명상을 입은 채 무릎을 꿇은 관하경이 고개를 마구 저었다.

이건 꿈이다.

그렇지 않고서 이런 결과가 있을 리가 없지 않은가. 자신이 어떠한 삶을 살아왔는데, 또 얼마나 강한데 이렇게 패한단 말인가!

그렇지만 가슴에서 느껴지는 고통이, 손가락을 타고 흘러내리는 진득한 피의 감촉이 지금 이 모든 것들이 현실임을 말해 주고 있었다.

관하경이 믿기지 않는다는 듯 중얼거렸다.

"우, 우리 둘의 실력 차가 이렇게 나지는 않을 터인데 왜
이리도 쉽게…….."

"아직도 모르겠어요? 왜 당신이 진 건지."

비설이 다가와 관하경의 앞에 섰다.

무릎을 꿇은 채로 자신을 올려다보는 그를 내려다보며
비설이 말했다.

"……당신은 아직 무인이 아니거든요."

생과 사는 종이 한 장 차다.

그리고 그런 세계에서 살아가는 것이 바로 무인이다.

그토록 치열한 세상에 몸담기에 관하경은 아직 미숙했
고, 반대로 비설은 너무나 뛰어났다.

어지간한 상대였다면 그런 미숙함으로도 문제없을 엄청
난 무력을 지닌 관하경이다. 허나 상대가 비설이라면 이야
기는 다르다.

순수한 무공 실력만으로도 비설은 그를 앞서고 있었다.

그렇지만 실력 차에 비해 이렇게 일방적으로 휘몰아칠
수 있었던 건, 비설은 관하경이 지니지 못한 것들마저도
모두 가지고 있었기 때문이다.

아직 이 사내에겐…… 목숨을 걸고 싸우는 그 찰나의 세
계에 끼어들 자격이 없다.

이자가 누군지는 이미 다 알고 있었지만 비설은 아직까지 입을 가리고 있는 복면을 자미쌍검으로 슬그머니 끌어내렸다.

그리고 그 안에는 분한 듯이 입술을 꽉 깨물고 있는 관하경이 있었다.

그런 그의 목에 비설이 자미쌍검을 가져다 댔다. 그러고는 물었다.

"자, 이제 제대로 이야기해 봐요. 저희 형님의 일에 대해서."

그녀는 무척이나 다급했다.

*　　　*　　　*

"……그렇게 대충 일을 마무리 짓고 곧바로 형님이 있는 곳을 찾아 달려온 거죠. 그 이후의 일은 형님도 아실 테고요."

비설의 이야기를 전부 듣고 있던 혁련휘가 이내 물었다.

"그래서 갔던 일은 어떻게 마무리됐다는 건데?"

"……글쎄요. 잘된 것 같긴 한데."

비설이 애매한 대답과 함께 머쓱한 듯 머리를 긁적였다.

사실 혁련휘의 일을 전해 듣고는 그대로 관하경을 혼절

시켜 둔 채로 곧바로 움직였다. 애초에 비설이 떠나기 직전에도 관천위는 도재하에게 한 팔을 잃었던 상황이었다.

거기다가 이후종과 수하들 또한 개입하였으니 승부는 그리 긴 시간이 들지 않고 났을 것이다. 어차피 북천회에서 비설은 상징적인 존재, 애초에 모든 뒤처리는 스승인 도재하가 할 예정이었다.

물론 그렇다고 해도 먼저 갈 테니 뒤처리를 부탁한다는 말만 남기고 사라진 자신에게 스승인 도재하는 이를 갈고 있을 게 분명했지만 말이다.

그녀 또한 그 일에 대해 신경 쓰이지 않은 건 아니다. 그랬기에 이곳 북천회 비밀 장소에 와서도 그쪽 일이 어떻게 됐는지 정보를 요청했고, 상황이 대충 정리됐음을 어제 전해 들었다.

아직 그들의 뒤처리까지 확실히 매듭지어지진 않았지만 아마도 이후 회주의 자리엔 도재하가 앉을 것이다.

사실 이번 일이 있기 전 도재하는 비설에게 말했다.

회주의 자리에 앉지 않겠느냐고.

그런 도재하의 제안을 비설은 일언지하에 거절했다.

혁련휘에게 돌아가겠다고 약속했으니까. 그리고 그의 옆에 있고 싶었으니까.

회주가 된다면 더 많은 것에 얽매이게 될 테고, 그러한 것들이 자신의 발목을 잡을지도 모른다고 생각했던 그녀다.

그리고 또 회주 자리엔 자신보다 도재하가 더 어울린다고 여긴 이유도 있었다.

혁련휘를 구하기 위해 달려오는 바람에 아직 해결 못 한 것들이 다소 남긴 했지만 그래도 후회는 없다. 망설임 없이 달려온 덕분에 혁련휘와 환야의 목숨을 구할 수 있었으니까.

긴 이야기를 끝낸 비설이 슬그머니 혁련휘에게 물었다.

"그런데요…… 형님."

"……왜?"

"앞으로 어떻게 하실 생각이세요?"

사실 지금 상황은 무척이나 좋지 않다.

신도율의 패거리가 아직까지도 혁련휘의 뒤를 쫓고 있다.

물론 비설이 준비해 둔 가짜 흔적과 사람들로 완전히 눈을 돌리는 데 성공해 그나마 여유를 찾긴 했지만 이곳에 숨어만 있을 수는 없는 노릇이다.

혁련휘는 자신의 손바닥을 내려다봤다.

자신을 위해 죽어 간 많은 이들의 얼굴이 스쳐 지나간다.

이름조차 모르는 마교의 수많은 무인들은 자신을 살리기 위해 서슴없이 방패가 되어 줬다. 그리고 또 스스로의 목숨을 버리면서까지 도망갈 길을 열어 주었던 두 사람.

혁무조. 그리고 달치.

혁무조는 말했었다.

이제부터 마교의 주인은 바로 혁련휘, 자신이라고. 그리고 어떻게든 마교를 지켜 내라고도 이야기했다. 수십만 명의 삶을 지켜 내고, 감당해야 하는 것. 그게 바로 교주가 된 혁련휘의 몫이었다.

두 사람을 생각해 내며 혁련휘는 자신의 주먹을 쥐었다 폈다를 반복했다.

몸이 아직 제 상태는 아니었지만, 마음만은 확고했다.

혁련휘는 꽉 쥔 자신의 주먹을 차가운 눈동자로 바라보며 입을 열었다.

"……되갚아 줘야지."

스스로에게 되뇌듯 중얼거리던 혁련휘가 고개를 돌려 옆에 서 있는 비설을 바라봤다. 자신을 향해 흔들림 없는 시선을 주고 있는 그녀에게 혁련휘가 입을 열었다.

"미안한데 이번에도 네 도움이 필요할 것 같아. 도와줄 수…… 있겠어?"

"물론이죠."

혁련휘의 말에 비설이 당연하다는 듯 고개를 끄덕였다.

이렇게나마 혁련휘에게 힘이 되어 줄 수 있다는 것이 얼마나 기쁜지 모르겠다.

많은 걸 잃고 수척해져 있는 혁련휘를 보고 있노라면 비설은 마음이 아팠다.

그저 내색하지 않고 혁련휘를 위해 웃고 있는 것뿐이다.

그가 조금이라도 마음이 덜 아플 수 있도록.

비설이 씩씩하게 말했다.

"자, 그럼 뭐부터 할까요, 형님?"

물어 오는 비설의 질문에 혁련휘는 잠시 입을 닫았다.

여러 가지 방책을 찾기 위해 고민해 봤지만 언제나 결론은 하나였다.

혁련휘가 입을 열었다.

"……부의민부터 만나야겠군."

지금은 그게 최우선이다.

*　　　*　　　*

해가 지고도 한참이 지난 저녁.

마차 한 대가 사천성 송반(松潘)으로 향하고 있었다.

마차는 꽤나 화려한 편이었다.

붉은색으로 칠해져 있는 외관, 그리고 여인이 타고 있음을 말해 주기라도 하려는 듯 창가를 가리고 있는 분홍빛 휘장.

그리고 마차 곳곳에 새겨져 있는 화려한 무늬들까지.

굳이 사람 많은 곳을 피하지 않으며 대로를 통해 이곳까지 온 이 마차. 그리고 이 마차 안에는 혁련휘 일행이 자리하고 있었다.

가짜 혁련휘의 흔적으로 시선을 돌리게끔 했던 방향과는 아예 다른 길목이기도 했고, 오히려 대로를 이용하는 대범한 계책을 통해 아직까지도 뒤를 쫓는 이들의 시선을 속였다.

거기다가 아직 중원 전체를 손에 넣은 것이 아니었기에 혁련휘를 잡기 위해 펼쳐진 포위망은 그리 넓게 펼쳐지지 못한 상황이었다.

거기에 비설이 북천회까지 이용하여 길목을 열기 시작하자 목적지인 송반 인근까지 생각보다 수월하게 도달할 수 있었다.

마차 내부는 조용했다.

안 좋은 일이 많았던 탓이기도 했고, 혹시나 자신들의 목소리가 바깥으로 흘러 나갈 걸 대비해 최대한 말들을 아끼는 중이었다.

긴 침묵, 그러던 중 입을 연 건 환야였다.

그가 슬쩍 휘장 바깥을 확인하고는 이내 작게 중얼거렸다.

"얼추 다 도착한 것 같은데."

"아마 반 시진 내에 도착할 것 같아요."

"그 녀석한테서는 딱히 연락 없다고 했지?"

"네, 아직은요."

환야가 말하는 그 녀석이란 다름 아닌 부의민이었다. 비설은 비파월을 통해 직접 부의민에게 연락을 넣었다.

지금 자신들이 사천성의 송반으로 갈 테니 그곳에서 만나자는 내용이었다.

아직까지 딱히 연락은 없었지만…… 환야가 걱정하는 건 부의민이 오지 않을까가 아니다.

혹시나 부의민의 움직임이 읽혀서 그 또한 신도율의 패거리에게 뭔가 해코지를 당한 건 아닐까 하는 거다.

물론 그게 쉬운 일은 아닐 것이다.

부의민이 움직이고 있는 곳은 마교의 수만이 훨씬 넘는 무인들이 자리하고 있는 세력권이니까.

환야가 걱정스레 중얼거렸다.

"그 녀석은 별일 없겠지?"

"그럼요. 아저씨가 생각보다 능력 있으신 거 잘 아시잖아요. 무슨 일 있어도 알아서 잘 헤쳐 나오실걸요."

비설의 목소리에는 확신이 있었다.

자신들 중에서 무공으론 가장 약하긴 했지만 그는 상당히 믿을 만한 사내였다. 머리도 제법 돌아갔고, 무공 실력도 괜찮다.

거기에 은근히 사람도 부릴 줄 알고 결단력 또한 나쁘지 않다.

그런 그가 아무것도 몰랐다면 모를까 혁련휘가 당한 상황에 쉽사리 신도율의 패거리들에게 뒤를 잡힐 정도로 어수룩한 일을 벌이지는 않을 것이다.

자신들이 할 수 있는 연락은 모두 취해 놓은 상황.

지금 자신들이 해야 할 건 그저 부의민이 오기를 기다리는 것뿐이다.

그렇게 비설의 말대로 반 시진가량을 더 달리자 이내 목적지인 송반에 도착했고, 마차는 송반이라는 마을 내부에 있는 장원으로 향했다.

북천회의 비밀 거점 중 하나인 장원에는 이미 사람이 대기하고 있었다.

사내 하나가 나와서 마차를 안으로 들어오게끔 하고는 이내 빠르게 주변을 살폈다.

그러고는 주위에 따라붙은 이가 없음을 확인하고는 고개

를 끄덕였다.

마차는 곧바로 마구간으로 향했고, 그곳에 도달하고서
야 안에 있던 세 사람이 바깥으로 모습을 드러냈다.

비설을 향해 사내가 포권을 취했다.

"영(靈)을 뵙습니다."

"미리 연락 드렸던 대로 부탁 좀 드릴게요."

"그리하지요. 모두 물러나게 할 테니 편하게 쓰시면 됩
니다."

말을 마친 사내는 곧바로 종종걸음으로 사라졌다. 멀어
지는 그자를 바라보며 환야가 중얼거렸다.

"영?"

"아, 저희 조직에서는 절 그렇게 불러요."

가볍게 대꾸한 비설은 곧바로 혁련휘와 환야를 데리고
장원의 한쪽으로 이동했다. 그리고 그곳에 있는 방으로 그
들을 안내했다.

그리 크지 않은 장원이긴 했지만 한동안 숨어서 지내야
만 했던 객잔의 비밀 장소나, 마차에 비한다면 이곳은 가
슴이 탁 하고 트이는 느낌을 주었다.

툇마루에 자리한 혁련휘가 입을 열었다.

"……마교에서 지냈던 우리의 거처 같군."

아담한 크기도, 그리고 주변의 구조도 비슷한 것이 마교

에서 다섯 명이 함께 지내던 그 장소를 떠올리게 만든다.

혁련휘의 그 한마디에 환야는 일순 말문이 막혔는지 입을 꾹 닫았다.

애써 달치의 이야기는 입에 담지 않으려 했고, 힘들어도 최대한 내색하지 않으려 했다.

자하도에 살며 죽음이라는 것을 수도 없이 옆에서 봐 왔고, 겪어 왔다.

그랬기에 죽음이라는 것에 담담하다 여겼거늘…… 적들을 껴안고 절벽 아래로 떨어져 내리던 달치의 모습이 매일 밤 꿈에 나타나 환야를 괴롭혔다.

환야는 그런 자신의 감정을 애써 억누르며 최대한 밝은 표정으로 말했다.

"그러게 말입니다, 대장. 부의민이 돌아오고, 그 바보 녀석만 있으면…… 딱인데 말입니다."

말을 하면서 환야는 자신의 콧잔등을 괜스레 스윽 훑었다.

혁련휘가 대공자였던 시절, 그 자그만 장원에서의 평범했던 하루하루가 이토록 그리워질 거라고 언제 생각이라도 해 보았겠는가.

든 자리는 몰라도, 난 자리는 안다고 했다.

이제는 비어 버린 그 자리가 너무나 가슴 아프게 다가오고 있었다.

옆에 앉은 채로 멍하니 어두컴컴한 밤하늘을 올려다보는 환야의 어깨를 혁련휘가 가볍게 두드렸다.

"먼 길 오느라 고생했는데 좀 쉬어."

"네, 대장. 그럼 잠시 눈이라도 좀 붙이고 오겠습니다."

말을 마친 환야는 자리를 박차고 일어나 비어 있는 방 중 하나로 슥 하고 몸을 감췄다. 툇마루에 앉은 혁련휘와 비설은 환야가 사라지고 일각가량이 흘렀을 무렵까지 별다른 말 없이 밤하늘만 올려다보고 있었다.

하늘에 떠 있는 수많은 별들에 시선을 빼앗기고 있을 무렵.

혁련휘가 말했다.

"……미안하군."

"갑자기 뭔가요?"

"너와의 재회 엄청 기다렸고, 또다시 널 만나게 돼서 말로 표현하기 힘들 정도로 기뻐. 그런데…… 상황이 이렇다 보니 표현을 할 수가 없어서."

비설을 떠나보내고 계속해서 후회와 그리움을 느꼈던 혁련휘다. 그렇게 그리워하던 비설이 돌아왔는데 어찌 기쁘지 않았겠는가.

그렇지만 혁무조와 달치가 죽었다.

상황이 이렇다 보니 마냥 행복할 수만은 없었다.

그런 혁련휘의 말에 비설이 괜찮다는 듯 고개를 저었다.

"형님 마음 다 이해해요. 저도 이렇게 마음이 아픈데, 그토록 오랜 시간을 함께한 형님이나 환야 아저씨의 마음은 오죽할까요."

자신의 슬픔 따위 이 두 사람에 비한다면 아마 아무것도 아닐 것이다.

자하도에서부터 십수 년을 함께해 온 형제와 다름없는 사이였으니까.

하늘을 올려다본 채로 혁련휘가 나지막이 중얼거렸다.

"……곧 괜찮아지겠지. 살다 보면, 시간이 흐르면 결국 언젠가는 괜찮아지겠지. 그러다 문득 생각나면 마음 한편이 아팠다가도, 또 잊고 그렇게 살아야겠지."

그게 인간이니까.

그렇게 괜찮은 척, 잊은 척 살아야 살 수 있으니까.

슬픈 눈으로 하늘을 올려다보는 혁련휘를 안타깝게 바라보던 비설이 이내 그의 어깨를 툭툭 두드렸다.

갑작스러운 그녀의 손길에 혁련휘가 고개를 돌렸을 때였다.

비설이 자신의 무릎을 가리키며 말했다.

"형님, 여기 좀 누워 보세요."

"……네 무릎에?"

"네. 어서요."

"갑자기 그건 왜?"

"왜긴요. 가까이서 보고 싶으니까 그렇죠."

서슴없이 말하는 그녀의 말투에 혁련휘는 머뭇거렸고, 그런 그를 비설은 거의 억지로 잡아당기다시피 하며 자신 쪽으로 끌어당겼다.

결국 혁련휘는 얼결에 못 이기는 척 비설의 무릎에 머리를 대고 눕고야 말았다.

사실 혁련휘의 성격상 이런 말도 안 되는 애정 행각이 무척이나 어색했지만…… 무릎을 베고 누운 그의 머리를 비설이 조심스레 어루만지기 시작했다.

그녀의 따뜻한 손이 혁련휘의 머리를 쓰다듬었다.

비설의 부드러운 손길에 그는 지그시 눈을 감았다. 머리를 쓰다듬는 손길은 마치 상처가 가득 난 혁련휘의 마음마저 어루만져 준다는 착각이 일었다.

그만큼 지금 비설의 손길은 혁련휘에게 위로였고, 큰 힘이 되어 주는 원동력이었다.

눈을 감은 채로 비설의 손길에 몸을 맡기고 있던 혁련휘가 그 상태로 입을 열었다.

"……좋네. 너랑 같이 있다는 게 실감이 나서."

여전히 눈을 감은 채 중얼거리는 혁련휘의 얼굴을 가만히 내려다보던 비설이 그를 불렀다.

"형님."

"왜?"

자신을 부르는 소리에 눈을 뜨고 올려다본 혁련휘를 가만히 내려다보던 비설이 작은 목소리로 속삭였다.

"이제야 말하는 건데…… 너무 많이 보고 싶었어요."

보고 싶었다는 그 말을 던진 비설이 천천히 상체를 굽히기 시작했다.

그리고 그의 얼굴이 점점 가까워지기 시작했다.

달그림자가 길게 드리워지는 속에서 고개를 숙인 비설이 혁련휘의 아랫입술에 조심스럽게 입을 맞췄다.

짧은 입맞춤, 그렇지만 그것만으로도 번개를 맞은 것처럼 비설은 온몸이 찌릿거렸다.

그녀가 살짝 붉어진 얼굴로 이내 조심스럽게 입을 떼려는 그 순간 혁련휘의 손이 그녀의 뒷목을 움켜잡았다.

놀란 듯 눈을 동그랗게 뜨는 비설을 바라보며 혁련휘가 나지막이 말했다.

"이젠 안 보내 줄 거야."

그 말과 함께 혁련휘는 비설의 목을 잡아당기며 다시금 입을 맞췄다.

＊　　　＊　　　＊

송반이라는 마을에서 기다린 지 어언 나흘째.

툇마루에 모여 앉은 세 사람은 그저 하염없이 시간만 보내고 있었다.

무더운 날씨를 한층 식혀라도 주려는 건지 하늘에서는 아침부터 저녁까지 줄곧 비가 쏟아져 내리고 있었다.

처마 끝에 걸려 연달아 떨어져 내리는 빗물을 바라보며 비설은 고기만두를 입 안에 욱여넣었다.

그리고 그런 그녀를 옆에서 바라보는 환야가 고개를 절레절레 저었다.

"그놈의 만두 지겹지도 않냐? 뭔 나흘 동안 입에 만두를 주야장천 달고 살아?"

"지겹긴요. 한동안 못 먹어서 얼마나 먹고 싶었는데요. 그동안 못 먹은 거 채워야 한다고요."

호리호리한 몸매에 어울리지 않게 커다란 만두를 양손으로 쥔 채로 비설이 대꾸했다.

말을 끝내기 무섭게 다시금 귀신처럼 만두 하나를 더 먹어 없애는 비설을 바라보며 환야가 호언장담했다.

"세상에 너만큼 찾기 쉬운 사람도 없을 거야. 만두 가게

에만 사람 붙여 두면 며칠 이내에 걸릴걸."

"찾기만 하면 뭘 해요. 절 잡을 사람은 그리 흔치 않은데
요."

"쳇, 그건 그러네."

비설의 대답에 환야가 불만스레 투덜거렸다.

툇마루의 기둥에 기대어 앉은 채로 뭔가를 생각하고 있
는 혁련휘와, 대수롭지 않은 이야기들로 시간을 보내고 있
는 두 사람.

세 사람 사이에 평화가 감돌고 있을 그 무렵이었다.

들려오는 인기척을 느꼈는지 혁련휘가 문 쪽으로 시선을
돌렸고, 수다를 떨고 있던 비설과 환야는 입을 닫고 자리
에서 일어났다.

비설은 자미쌍검에 손을 가져다 댔고, 환야도 언제라도
뽑아서 던질 수 있도록 손가락 사이에 비수를 준비해 둔 상
태였다.

그리고 이내 그들이 머물고 있는 장원의 문이 열렸다.

끼이익.

열린 문을 통해 모습을 드러낸 건 비를 가리기 위해서
죽립을 쓰고 있는 네 명의 사내들이었다. 그들을 발견한
비설이 혹시 모를 상황에 대비라도 하려는 듯 슬그머니 자
미쌍검을 반 정도 뽑아 들었다.

스으윽.

자미쌍검의 자색 검신이 세상에 모습을 드러내는 바로 그때였다.

문을 넘어 안으로 들어온 네 명의 사내 중 선두에 있던 자가 기겁하며 손을 들어 올렸다.

"야야, 그만해. 누굴 죽일 생각이야?"

들려오는 익숙한 목소리.

비설이 자미쌍검에서 손을 떼고는 반가운 목소리로 소리쳤다.

"아저씨!"

"쯧. 첫 인사가 아저씨냐?"

특유의 투덜거리는 목소리와 함께 슬쩍 죽립을 들어 올린 그 안에서 모습을 드러낸 건 부의민이었다.

그토록 기다렸던 부의민의 등장에 환야 또한 화색을 띠었다.

그렇지만 이내 환야는 불만스럽다는 듯 그를 타박했다.

"연락을 한 게 언젠데 뭐 이렇게 늦어!"

"거기에서 여기까지가 무슨 옆 마을인 줄 아나. 듣자마자 죽어라 달려온 거거든?"

환야의 말에 기가 차다는 표정을 지어 보였던 부의민의 시선이 이내 한쪽으로 향했다.

기둥에 기대어 앉은 채로 자리하고 있는 혁련휘가 그곳에 있었다.

부의민이 혁련휘의 앞으로 다가갔다.

그러고는 비가 와서 질척거리는 바닥에 곧바로 무릎을 꿇었다. 그러자 기다렸다는 듯 뒤편에 서 있던 세 명의 무인들도 곧바로 부복했다.

뒤에 있는 수하들까지 모두 무릎을 꿇은 걸 느끼고서야 부의민이 예를 갖추며 입을 열었다.

"군룡회의 회주 부의민이 교주님을 뵙습니다."

쏟아져 내리는 빗줄기 속에서 무릎을 꿇은 네 명의 사내, 그리고 그런 그들의 선두에 있는 부의민이 숙였던 고개를 들어 올렸다.

방금 전까지의 장난스러웠던 말투는 사라진 지 오래였다.

부의민은 이곳에 오는 도중에 이미 비파월을 통해 대충 상황을 전해 들었다. 그랬기에 지금 혁련휘의 상태가 어떤지도 알았다.

많은 걸 잃었고, 그 안에 달치도 있다는 것도.

그 말을 듣고 달려오는 와중에 얼마나 울었던가. 그 커다란 덩치의 바보 녀석이 보이지 않는 걸 눈으로 확인한 부의민은 다시금 마음이 아려 왔다.

그렇지만 부의민은 그런 자신의 감정을 빗줄기 속에 감췄다.

연신 떨어지는 빗줄기를 얼굴로 받으며 부의민이 혁련휘를 향해 말을 이었다.

"늦어서…… 죄송합니다."

비설에 이어, 부의민이 돌아왔다.

4장. 무너진 마교
— 선택들 하시지요

부의민이 대동하고 온 세 명의 무인들이 다른 방에서 대기하는 상태에서 오랜만에 네 사람은 한자리에 마주했다.

탁자에 자리한 채로 혁련휘가 먼저 말을 꺼냈다.

"지금 상황 보고해."

신도율에게 당한 지 어느덧 시간이 제법 흘렀다.

열흘이 넘는 시간을 도망쳤고, 그 이후에 비설과 만나 또 팔 일 가까이를 숨어서 지냈다. 그리고 이곳 송반까지 오는 데도 또 며칠, 그리고 이곳에서 부의민을 기다리면서도 나흘.

거의 삼십 일 가까이가 지났으니 그동안 일이 있어도 얼마나 많은 것들이 있었는지 가늠하기 어려울 지경이다.

비파월이라는 정보통이 있긴 했지만 혁련휘는 부의민의 일을 제외하고는 그들에게도 특별한 임무를 맡기지 않았다.

지금 마교를 비롯한 중원이 어떻게 돌아가는지도 정확하게 모르는 상황에서 그들과 정보를 주고받기 위해 잦은 조우를 할 만한 상황도 아니었다.

그랬다가 오히려 뒤를 잡히거나, 비파월이 위험해 질 수도 있었기에 혁련휘는 부의민과의 만남을 기다리기만 했다.

어차피 지금의 몸 상태로는 뭔가를 안다 해도 할 수 있는 것이 없었기에.

물어 오는 혁련휘의 질문에 부의민은 잠시 입을 닫았다. 이것저것 알게 된 일은 많았지만 어디에서부터 이야기를 시작해야 할지 선뜻 결정을 내리기가 어려웠다.

잠시 침묵을 유지하던 부의민이 슬그머니 입을 열었다.

"마교의 본거지가 그들의 손에 들어갔습니다."

"……그래?"

충격적인 사실이긴 했지만 혁련휘는 놀라지 않았다.

굳이 전해 듣지 않아도 이건 어느 정도 예측한 일이었던 탓이다.

그들이 혁무조와 자신을 쳐 냈으니 그다음의 목표는 불 보듯 뻔했다.

애초에 자신 둘을 제거하려 한다는 것 자체가 마교를 노린다는 걸 의미했으니까.

혁련휘가 물었다.

"마교에 있던 이들은 어떻게 됐지?"

마교 본성에만 일만 명에 달하는 정예 무인과, 또 아직 완성되지 않은 수많은 무인들이 있다. 그리고 그런 그들의 가족과, 또 무림인이 아닌 평범한 이들의 숫자는 그 몇 곱절은 된다.

혁련휘의 질문에 부의민이 조심스레 말을 받았다.

"그자가 자신의 뜻에 따르지 않는 이들은 제거하거나 가두었고, 일부는 가족의 목숨을 비롯해 여러 가지 이유로 그를 따르고 있는 모양새입니다."

제거했다는 말에 혁련휘가 눈을 부릅떴다.

혁련휘는 마교의 교주고, 그들을 지켜야 할 의무가 있었다.

그랬기에 혁련휘는 분한 듯이 이를 꽉 깨물었다.

그들을 지켜 주지 못했다는 사실에 화가 치밀었다.

혁련휘가 재빠르게 물었다.

"지금 마교 본성을 장악한 신도율의 패거리와 변방에 있는 우리 병력의 숫자 차이는?"

"정확히는 아직 가늠할 수 없지만 저희가 압도적으로 많습니다."

오랜 시간 비밀 세력을 키워 왔다고는 하지만 신도율의 무리가 천하를 다스렸던 마교의 병력과 비견될 수 있을 리가 없었다.

본성이 당했지만 그 또한 많은 무인들이 변방이나, 중원 곳곳을 지키기 위해 빠져나가 있다 보니 당한 일이었다.

비록 본성을 먹었다고는 하지만 마교의 다른 병력이 모두 모일 수만 있다면 오히려 그들은 궁지에 몰린 쥐 꼴이 될 수도 있었다.

마교 본성을 겹겹이 싸고 공격해 들어간다면 도망칠 길이 없을 테니 말이다.

혁련휘는 신도율이 더욱 채비를 갖추기 전에 쳐야 한다고 판단했다.

"지금 당장 변방의 병력을 조금 뺄 수 있겠어? 중원을 지키고 있던 무인들의 절반 이상을 순간적으로 함께 움직인다면 그들에 비해 훨씬 많은 무인들을 움직일 수 있을 것 같은데."

"……불가능합니다."

"불가능하다고?"

"예. 지금은 변방에서도, 중원 곳곳에 자리하고 있던 마교 거점의 병력들도 움직일 수 없습니다."

"어째서?"

"교주님을 건드린 그놈 생각보다 치밀하게 준비한 것 같습니다. 아마도 새외 세력들이 동시다발적으로 치고 들어온 것도 그자와 연관이 있는 것 같습니다. 아마도 저희가 병력을 뺀다면 곧바로 새외 세력 또한 총공격을 감행할 겁니다. 그렇다면 저희가 뒤를 잡히는 꼴이 됩니다. 그리고 지금 약속이라도 한 듯 중원 곳곳의 사파들이 일어났습니다."

마도천하의 시대.

전 중원을 지배하기 위해 병력이 너무 많이 분산되어 있는 상황에서 각자의 발목이 모두 붙잡혔다. 변방은 새외의 세력으로 인해, 중원 땅 많은 곳에는 각자의 자리를 지키고 있던 사파들이 움직였다.

이 모든 것들은 신도율이 오랫동안 준비해 온 계책이었다.

부의민이 착잡한 얼굴로 말을 이었다.

"문제는…… 지금 이대로 있어도 뒤가 없다는 겁니다."

결국 신도율은 마교를 완벽하게 손에 넣게 될 것이고, 그 후에는 사파들과 결집하여 그나마 남아 있는 혁련휘의 숨통인 변방으로 치고 올 것이다.

그렇게 된다면 변방의 무인들 또한 전방으로는 새외 세력이, 후방으로는 신도율이 이끄는 새로운 병력들에게 포위당하는 꼴이 되고야 만다.

천하의 주인이었던 마교의 교주가 당했고, 마교의 본성이 먹혔다는 것은 강호에 커다란 혼란을 가져다주고 있었다.

그동안 억눌려 살았던 수많은 사파들에게 이건 기회였다.

자잘한 중소 세력들에서부터 장강수로십팔채, 녹림칠십이채들도 보다 넓은 세력권을 형성하기 위해 칼을 뽑아 든 상황이다.

거점을 잃은 마교의 무인들이 흔들리는 건 당연하다. 그중 일부는 어쩔 수 없이 항복을 하며 신도율의 아래로 들어가는 이들도 있었다.

혁련휘가 머리를 감싸 안았다.

생각보다 상황이 좋지 않았으니까.

그가 이상하다는 듯 중얼거렸다.

"어떻게 벌써 이 정도로까지 진행된 거지? 마교의 벽을 뚫는 게 그리 쉽지는 않았을 텐데."

혁련휘는 이해가 가지 않았다.

비록 신도율이 엄청난 고수라고는 하지만 마교에도 적지 않은 고수들이 즐비했다.

특히나 절대십마에 속한 무인들도 무려 둘이나 마교 내에 자리하고 있었다. 그런데 이토록 일이 진행됐다는 건 그만큼 마교 본성이 빠르게 무너졌다는 말이었다.

이해가 안 간다는 듯한 혁련휘의 말투에 부의민이 대답했다.

"비밀 통로가 있었던 모양입니다."

"비밀 통로라고?"

"예. 마교 안쪽으로 통하는 비밀 통로를 이용해 병력들이 순식간에 기습했고 또 내부적으로 동조한 자도 있었기에 주요 수장들이 한자리에서 몰살당했다 합니다."

내부적으로 동조한 자라는 말에 혁련휘가 천천히 입을 열었다.

"……주자악인가?"

"네, 맞습니다."

부의민이 이가 갈린다는 표정으로 대답했다.

그리고 대답을 전해 들은 비설이나 환야 또한 적잖이 놀란 모양새였다.

학관에서부터 알아 왔던 그는 그리 좋은 자는 아니었지만 설마 이 정도까지 악행을 저지를 거라고는 상상도 하지 못했다.

혁련휘가 의자에 기댄 채로 생각에 잠겼다.

지금 신도율은 자신의 팔과 다리를 모두 붙잡아 둔 상황이다.

그런 상태에서 자신들의 몸집을 키우고 별개로 각지에서 일어난 사파들과 모종의 협약을 통해 연합군을 구성할 공산이 컸다.

그리고 아마도 최후의 보루인 변방에 위치해 있는 오만에 달하는 마교 무인들의 뒤를 칠 게 분명했다.

혁련휘가 물었다.

"변방의 상황은?"

"그리 좋진 않습니다. 새외 세력이 동시다발적으로 치고 들어온 바람에 하루가 멀다시피 싸움이 벌어지고 있고요. 현재 상황은 백중세입니다."

힘을 집약시킬 수만 있다면야 변방에 위치해 있는 마교의 무인들을 당해 낼 수 없었겠지만 그들이 워낙 광범위한 범위를 치고 들어오는 통에 병력 또한 나뉘어져 있는 상황.

그나마 마교였기에 그 수많은 새외 세력들의 침입을 홀로 막아 낼 수 있는 것이다.

활로가 보이지 않는 지금.

딱히 답이 없는 상황이라는 건 알지만 혁련휘로서는 선

택지는 하나밖에 없었다.

변방으로 가야 한다.

그곳이 설령 무덤이 된다 할지라도 뭔가 타개책을 찾기 위해서는 변방의 무인들이 없이는 불가능하다.

그리고 변방에 도착해 가장 먼저 해야 할 일.

다름 아닌 자신의 건재함을 천하에 알리는 것이다. 마교가 무너졌다 생각하며 날뛰기 시작한 사파의 무리들에게 교주 혁련휘가 건재함을 공고히 하고 그들에게 겁을 줘야만 한다.

아직 마교는 무너지지 않았다는 사실을 그들에게 똑똑히 각인시켜야만 했다.

"여기서 가장 가까운 마교의 병력이 있는 곳까지는 얼마나 걸리지?"

혁련휘의 질문에 부의민은 잠시 생각에 잠겼다.

그야 워낙 멀리서 온 것이긴 했지만 당장엔 가장 가까운 마교의 부대가 있는 쪽으로 가는 게 맞다. 서장과 맞닿아 있는 곳까지라면 거리가 그리 멀지는 않을 터.

얼추 계산이 끝났는지 부의민이 답했다.

"빠르게 움직인다면 닷새 정도면 될 것 같습니다."

"닷새라……."

중얼거리던 혁련휘가 이내 고개를 끄덕였다.

"그곳으로 가지."

*   *   *

시간을 거슬러 얼마 전.

마교가 침략당하는 건 실로 한순간이었다. 비록 교주인
혁련휘가 없어졌다고는 하지만 마교는 쉬이 무너지지 않는
철옹성과도 같은 곳이다.

수백 년이 넘게 지켜 온 마교의 본성이 누군가에 의해 침
략당한다는 건 말도 안 되는 일이라 여겼다.

바로 방금 전까지는 말이다.

수년을 들여 만들어 놓은 혈뢰주가 내부의 비밀 통로로
잠입한 오천이 넘는 병력들이 이런저런 일로 많은 병력이
빠져나간 마교 내부를 빠르게 움직였다.

이미 주요 거점과, 제압해야 할 대상들은 모두 정해진 상
황.

그들은 목표물들이 위험을 채 감지하기도 전에 빠르게
임무를 수행하기 시작했다.

수많은 이들이 죽었고, 또 제압당했다.

그리고 그 시각 주자악은 칠대천의 몇몇 수장들을 비롯
하여 여타의 큰 세력의 우두머리들을 한자리에 모아 둔 상

황이었다.

이 자리에 모여 있는 칠대천의 수장들은 예전 혁련휘가 대공자 시절 그와 사이가 좋지 않았던 이들로 구성되어져 있었다.

신검백가의 백천기, 백화방의 하약란, 그리고 천위극이 죽으면서 이제는 허울만 남아 버린 묵룡천가의 새로운 가주 천숙번까지.

그런 그들을 제외하고도 마교 내부의 커다란 세력의 수장들 또한 늦은 밤 갑작스러운 호출에 이곳에 자리하고 있었다.

모두가 주자악의 갑작스러운 부름에 의아한 표정을 지어 보였다.

그리고 개중에 신검백가의 가주 백천기는 다소 짜증이 난 상황이었다.

'나이도 어린놈이 감히…….'

어부지리로 가주의 자리에 앉은 주자악이다.

그런 그를 아직 인정하지 않는 백천기였기에, 이런 새벽에 갑작스레 자신을 부른 그의 행태가 그리 유쾌하지 않았다.

다만 혈뢰주가는 무시할 수 없는 세력이었기에 애써 화를 참고 있을 뿐이다.

백천기가 대표로 물었다.

"이 새벽에 무슨 일인가, 주 가주."

"급히 알려야 할 일이 있어서 이렇게 칠대천을 비롯한 여타의 수장분들을 모셨습니다. 늦은 밤 갑작스러운 연락에 다들 피곤하셨을 텐데 이리들 참석해 주셔서 감사합니다."

"그럼 말해 보게. 대체 무슨 일이기에 내일 오전에 소집해도 될 것을 이리 늦은 시간에 불러 모았는지 말일세."

가시 돋친 백천기의 말에도 주자악은 별반 동요를 보이지 않았다.

당연했다.

지금의 그는 완벽하게 정신이 조종당하고 있는 상황이었으니까.

탈혼마언이라는 섭혼술을 통해 조종당하는 주자악은 감정 없는 인형에 가까웠다.

그런 그였기에 백천기의 도발적인 언행이 고까울 리가 없었다.

주자악이 말을 이었다.

"천마총으로 갔던 교주님이 당하셨습니다. 전 교주님은 아예 죽으셨고, 교주님은 생사를 확인할 수 없다는 사실이 확인되었습니다. 뭐 지금쯤이면 죽지 않았을까 싶습니다만."

"뭐, 뭐라고!"

놀란 듯 주먹으로 탁자를 쾅 치며 백천기가 자리에서 벌떡 일어났다. 그리고 그건 다른 이들 또한 마찬가지였다.

혁련휘가 당했다는 말에 내부가 급속도로 소란스러워졌다.

그러자 주자악이 주먹을 쥐어 높이 들며 소리쳤다.

"자자, 조용!"

주자악의 외침에 일순 방 안에는 적막이 감돌았고, 이내 정신을 차린 백천기가 다급히 물어 왔다.

"그게 사실인가?"

"물론입니다."

"미, 믿을 수 없네. 감히 누가 마교의 교주를 건드린단 말인가? 하물며 우리 중 그 누구에게도 그 같은 정보가 들어오지 않았거늘 어찌 자네만……."

이해가 안 된다는 듯 중얼거리는 백천기의 말을 자르며 주자악이 입을 열었다.

"저희가 죽였으니까요."

"……뭐라?"

무덤덤한 주자악의 대꾸에 방 내부에 싸늘한 분위기가 휘몰아쳤다.

죽이다니? 마교의 교주를 죽였단 말인가?

백천기가 허리춤에 차고 있는 검에 손을 가져다 댄 채로 입을 열었다.

"자네가 아주 단단히 미쳤군그래. 감히 교주님을 죽이고 그걸 지금 우리 앞에서 이야기한단 말인가?"

"하하, 왜요? 검이라도 뽑으시게요?"

"왜? 못 할 것 같으냐! 네 이놈을 당장에……."

백천기가 막 검을 꺼내어 들려 할 때였다. 주자악이 가볍게 발을 구르자 이곳을 호위하고 있던 무인들이 기다렸다는 듯 내부로 뛰어 들어왔다.

그리고 그 무인들 중에는 우치 또한 자리하고 있었다. 그가 히죽 웃으며 가볍게 목을 꺾었다.

우치가 말했다.

"가만히들 있어. 움직이는 새끼부터 목을 꺾어 버릴 테니까."

말과 함께 터져 나온 우치의 기운.

방 내부에 자리하고 있는 대부분이 엄청난 고수들이었지만 그렇다고 해도 개중에 우치의 상대가 될 정도의 무인은 없었다.

모두가 갑작스러운 이 상황에 당황하고 있을 때 백천기가 이를 갈며 말했다.

"애초에 우릴 이럴 생각으로 모은 게냐? 왜? 죽이기라도 하려고?"

"이상하군요."

"……이상하다니?"

"애초부터 혁련휘는 우리의 적 아니었습니까? 언제부터 그리 충실한 수하가 되셨습니까? 전 오히려 여기에 모이신 분들만큼은 잘했다고 좋아하실 줄 알았습니다만."

주자악의 말에 백천기를 비롯한 방 내부에 모인 이들이 움찔했다.

그의 말이 맞다.

혁련휘가 완전히 마교를 장악하기 전까지만 해도 그들은 그를 죽이기 위해 갖은 수를 다 쓰는 사이였다.

꽤나 예전 이야기처럼 들리지만 비단 오래된 일도 아니다.

주변을 포위하고 있는 무인들 때문에 눈치를 보고 있던 도명위라는 인물이 서둘러 백천기를 말렸다.

"백 가주, 주 가주의 말이 틀린 건 아니지 않소. 우선 진정하고 이야기부터 들어봅시다."

그의 말에 백천기가 못 이기는 척 다시금 자리에 앉았다.

모두가 자신에게 주목하고 있다는 걸 확인한 주자악이 말을 이었다.

"어차피 여기 모이신 분들은 교주인 그와 의리를 지킬 사이들도 아니지 않습니까? 오히려 원수 아닙니까? 저희들의 힘을 약화시켰고, 또 많은 걸 빼앗았지요. 그런 자에게 지킬 충정이 있단 말입니까?"

주자악의 말에 몇몇 이들은 고개를 끄덕였다.

혁련휘의 자리가 공고히 되면서 칠대천을 비롯한 수많은 세력들이 힘을 잃었다.

대부분의 권력을 교주가 갖게 되는 구조를 만들어 버린 탓이다.

그 사실이 언제나 불만스러웠지만 이들은 그런 감정을 드러낼 수가 없었다.

힘이 없었으니까.

그런 상황에서 뭘 이야기한다 해서 먹힐 리가 있겠는가.

주자악이 말을 이었다.

"전 모두를 위해 결행을 준비했고, 그걸 성공시켰습니다. 여러분들을 그토록 압박하던 교주를 제가 없앤 것이지요."

"좋네, 그건 그렇다 치지. 자네 말대로 지금의 교주는 우리에게 눈엣가시였으니까. 하지만 이렇게 행동해서 뒤는 어찌할 생각인가? 교주를 따르던 이들이 남아 있는데 그건 어찌……"

"아, 그건 걱정하지 않으셔도 됩니다. 지금쯤이면 아마 여기에 모이지 않으신 분들에게 제가 보낸 사람들이 갔을 겁니다. 그리고 그분들 중 일부는 오늘부터 이 세상 사람은 아닐 테고요."

주자악의 그 말에 모두가 당황한 듯 서로의 얼굴을 확인했다.

지금 주자악은 교주 측 사람들을 제거하기 위해 사람을 보냈다 말하고 있는 것이었다. 놀란 그들을 바라보며 주자악이 말을 이었다.

"자, 그럼 이제 선택들 하시지요."

자리에서 천천히 일어난 그가 주변을 휘이 둘러보며 말했다.

"여기서 제 손을 잡으실지, 아니면 이미 저세상으로 떠났을 분들의 뒤를 쫓으실지를요. 선택은 여러분의 몫입니다."

주자악의 섬뜩한 경고에 방 내부에 모인 이들은 마른침을 꿀꺽 삼켰다.

*　　*　　*

신도율은 마교 내부를 걷고 있었다.

이미 시작된 거사는 급속도로 진행됐다. 주요 거점에 위치한 무인들에게 사람을 보냈고, 아마도 대부분은 자신의 계획대로 될 것이다.

이토록 중요한 일들이 진행되는 지금 신도율이 향하고 있는 곳.

그곳은 다름 아닌 칠대천의 하나인 흑랑방의 본거지였다.

그리고 신도율이 지금 굳이 이곳으로 발걸음한 이유는 하나.

이곳에 절대십마의 하나이자 혁련휘를 도왔던 장룡이 있기 때문이다.

장룡은 그냥 살려 두기엔 위험 요소가 너무 많은 자였기에 반드시 제거를 해야만 했다.

상대가 절대십마급의 무인이라면 자신이나 우치가 와야 했고, 보다 빠르게 끝내기 위해 그가 직접 이곳까지 걸음한 것이다.

그렇게 나아가던 신도율의 눈에 이내 흑랑방의 입구가 들어왔다.

그리고 아직까지 마교 내부에서 벌어진 일에 대해 모르는지 평화스러운 무인들의 모습까지도. 신도율이 다가오자 흑랑방의 무인들이 앞을 막아서며 말했다.

"이 새벽에 어쩐 일로……"

허나 그 사내의 말은 채 이어지지 않았다.

신도율의 손이 그의 목을 단번에 부러트려 버렸으니까.

놀란 듯 옆에 있던 무인이 황급히 검을 뽑아 들려는 찰나.

검이 반도 뽑혀 나오기 전에 이미 그의 몸이 신도율의 손에 의해 갈라져 버렸다.

촤악!

주변으로 터져 나오는 피 분수, 그리고 신도율은 앞에 있던 남은 수문위사의 가슴에 거칠 것 없이 일장을 꽂아 넣었다.

쩌엉!

그의 몸이 붕 뜨더니 뒤편으로 날아가 문에 틀어박혔다.

흑랑방의 문이 부서지며 그자 또한 함께 바닥에 나뒹굴었다.

굳이 확인하지 않아도 즉사였다.

수문위사들 셋을 순식간에 죽인 신도율이 흑랑방 안으로 걸어 들어갔다.

갑작스러운 소란에 주변에 있던 무인들이 뛰어나오는 모습이 눈에 보였지만…….

어차피 저 정도의 무인들이라면 머리 숫자가 얼마가 되

든 상관없다.

지금 신도율의 목표는 오로지 장룡 하나였다.

자신의 앞을 가로막으며 달려드는 그들을 향해 신도율이 미간을 살짝 찡그리며 중얼거렸다.

"잔챙이들이 귀찮게."

말과 함께 그의 몸 주변으로 퍼져 나가기 시작한 뇌기가 달려들던 흑랑방의 무인들을 뒤덮었다. 그리고 달려들었던 것보다 더욱 빠른 속도로 그들은 새카맣게 그을려 튕겨져 나갔다.

바닥에 쓰러진 그들은 가벼운 경련을 하다 이내 숨을 거뒀다.

"침입자다!"

주변에서 누군가가 이 사실을 알리기 위해서인지 버럭 소리를 내질렀고, 신도율은 그자를 힐끔 바라봤다.

죽이러 온 입장이지만 신도율은 소란을 떠는 자의 입을 막지 않았다.

아니, 오히려 자신이 왔음을 더욱 많은 이들에게 알리고 싶은 심정이다.

그래야만 자신이 목표하고 있는 장룡이 보다 빠르게 모습을 드러낼 테니까.

'조금 더 소란스럽게 해 볼까?'

신도율은 곧바로 뇌기를 끌어모아 인근에 위치한 건물을 향해 쏘아 보냈다.

삼 층짜리 전각이 순식간에 무너져 내리며 주변으로 자욱한 흙먼지를 일으켰다.

그리고 그 인근에 있던 이들은 무너지는 건물에 깔릴 수밖에 없었다.

순식간에 흑랑방을 시끄럽게 만든 신도율은 자신을 향해 움직이는 그들을 향해 아무렇지 않게 손을 움직였다.

주변으로 빠르게 달려들던 무인들의 몸이 갈가리 찢겨져 나갔다.

한 명의 사내가 뒤쪽에서 은밀히 다가오다 껑충 뛰어올라 신도율의 머리를 노렸다. 그렇지만 그자의 검은 신도율에게 닿지조차 못했다.

날아들던 검이 신도율의 풍신갑에 막혀 그대로 튕겨져 나갔기 때문이다.

신도율이 놀란 듯 도망치려는 그자의 목을 움켜잡았다.

"건방지게 날 노려 놓고 어딜 도망치려고 그래."

으드득.

말과 함께 목이 꺾인 사내를 신도율은 바닥에 휙 하고 내던졌다. 그러고는 아무렇지 않게 그 시체를 짓밟은 채로 갈 길을 나아가기 시작했다.

그렇게 수십 명의 무인들을 순식간에 죽이며 흑랑방 내부 깊숙한 곳까지 걸어 들어오기 시작한 신도율의 주변으로 커다란 원형의 포위망이 형성됐다.

수백 명의 무인들, 그렇지만 그들 중 누구도 섣부르게 신도율에게 달려들지 못했다.

이곳까지 오는 내내 그가 수도 없이 많은 흑랑방의 무인들을 너무도 손쉽게 죽이는 모습을 보았기 때문이다.

실로 압도적인 무위.

그걸 직접 눈으로 보았으니 달려들 용기가 날 리 만무했다.

이들 모두 알고 있었다.

자신들이 어쩔 수 있는 상대가 아니라는 것 정도는.

그리고 마침내 흑랑방의 중심 지역에 이르자 거침없이 걷던 신도율이 발을 멈췄다.

그가 길게 숨을 들이마시고는 이내 내공을 담은 목소리를 토해 냈다.

"장룡!"

그의 외침이 쩌렁쩌렁한 사자후가 되어 주변으로 퍼져 나갔다. 내공이 약한 자는 그 외침을 직면하는 것만으로도 내상을 입고 귀로 피를 쏟아 냈다.

그리고 주변에 있는 건물들의 기왓장들마저도 마치 지진

이라도 난 것처럼 떨려 왔다.

원형의 포위망을 형성한 무인들이 사시나무 떨듯이 덜덜 거리고 있었고, 신도율은 공포심에 젖은 그런 그들의 시선을 즐기기라도 하는 것처럼 주변을 둘러봤다.

그럼에도 불구하고 장룡의 모습이 보이지 않자 신도율은 허리춤에 찬 도를 천천히 뽑아 들며 내력을 불어 넣기 시작했다.

그러자 도에 맺힌 새빨간 화염이 이곳 흑랑방을 집어삼킬 것처럼 치솟아 올랐다.

"안 나올 생각인가? 뭐 상관없어. 그렇다면 네놈이 보일 때까지 모두 죽여 버리면 그만이니까."

말과 함께 신도율은 도를 강하게 휘둘렀다.

그러자 기다렸다는 듯 도신을 감싸고 있던 불꽃이 포위망을 형성하고 있는 무인들이 위치한 한쪽으로 날아들었다.

"으앗!"

모두가 기겁하며 그 공격에 당장에라도 통구이가 되어 버릴 것 같은 상황.

휘이이익!

누군가가 하늘에서 뚝 떨어져 내리며 흑랑방의 무인들과 날아드는 불꽃 사이에 자리했다. 그자는 순식간에 자신의 손바닥을 휘두르며 그 불꽃의 힘을 약화시켰다.

퍼엉!

폭음과 함께 옆으로 밀려 나간 화염이 커다란 건물 하나를 단번에 불길로 감싸 안았다.

갑작스럽게 모습을 드러낸 상대를 바라본 신도율의 눈빛이 빛났다.

이곳까지 직접 발걸음을 한 목적인 장룡이 모습을 드러냈으니까.

새하얀 옷을 걸친 노부인 장룡이 차가운 눈동자로 신도율을 응시했다.

그가 물었다.

"누구냐, 네놈은."

"이런. 몇 번 봤었는데 내 얼굴도 못 알아보는 건가? 이거 좀 섭섭한데?"

신도율의 말대로 장룡 또한 그를 알고 있다.

다만 그때의 신도율은 앞머리로 얼굴을 가리고 있었고, 지금은 머리카락을 잘라 냈기에 알아볼 수 없는 건 당연했다.

장룡이 미간을 찌푸리며 물었다.

"우리가 구면인가?"

"물론. 꽤나 많이 만났었지. 단둘이 만난 적도 있었는

걸.”

“……우리가?”

기억력이 그리 나쁘지 않은 편이고, 상대 또한 한번 보면 쉬이 잊기 어려운 잘생긴 외모다. 저런 자를 봤다면 기억에 남지 않았을 리가 없다.

잠시 저 얼굴에 대해 떠올리려 했지만 지금 중요한 건 그런 게 아니었다.

“기억이 나지 않는군. 허나 지금 그것이 무슨 상관이란 말인가? 지금 중요한 건 네놈이 흑랑방의 땅을 밟고 있다는 것뿐이지.”

말을 마친 장룡에게서 절대십마라는 위명에 걸맞은 기운이 천천히 뿜어져 나왔다.

천하에서 가장 강한 열 명의 마인 중 하나.

장룡에게서 터져 나오는 기운은 상상 이상이었다.

“묻지. 이곳에 온 이유가 무엇이냐?”

살기가 가득 담긴 목소리, 오금이 저린 듯한 표정으로 모두가 그를 바라보고 있었다. 그렇지만 정작 당사자인 신도율은 입가에 미소를 머금었다.

신도율이 답했다.

“죽이러 왔다.”

　　　　*　　　*　　　*

　시간이 조금 더 흘렀을 무렵 교주전의 입구로 한 명의 사내가 걸어 들어오고 있었다. 그리고 그런 그의 뒤편, 교주전을 지키고 있던 무인들 모두가 죽어 바닥에 나자빠져 있었다.

　수십 명의 무인들이 그 한 명을 막아 내지 못하고 피투성이가 되어 죽음을 맞이하고야 만 것이다.

　이내 어둠 속에서 천천히 모습을 드러낸 사내.

　신도율이었다.

　다쳤는지 얼굴엔 진득한 피가 묻어 있었고, 한쪽 팔을 비롯해 자잘한 상처들이 눈에 들어왔다. 그렇지만 그 상처 모두가 움직이는 데 전혀 문제 될 것 없는 수준의 부상들이었다.

　이 정도의 부상, 그렇지만 그 대가는 무척이나 컸다.

　얼굴과 팔, 자잘한 부상 몇 개를 입은 대신 신도율은 장룡의 목을 취할 수 있었다.

　잘려진 목에서 뿜어져 나온 피가 흑랑방의 땅을 적셨고, 그 순간 흑랑방 또한 무너졌다 해도 과언이 아니다.

　절대십마의 하나를 죽이는 데 고작 이런 작은 부상 몇 개가 전부였다는 것만으로도 신도율이라는 사내의 무력이 얼마나 뛰어난지를 말해 주고 있었다.

장룡을 죽인 신도율은 곧바로 교주전으로 왔다.

그리고 교주전을 지키는 무인들을 순식간에 베어 넘기며 마침내 그토록 원하던 곳의 앞에 설 수 있었다.

자신의 키에 두 배는 됨직한 높은 문이 가로막고 있는 이곳.

바로 교주전이다.

교주전을 목전에 둔 신도율의 입꼬리가 씰룩였다.

'드디어…… 왔구나.'

신도율이 손을 뻗어 교주전의 두꺼운 문에 가져다 댔다.

차가운 쇠의 감촉이 손을 타고 전신에 퍼져 나간다. 그리고 그런 감각에 신도율은 다시금 입가에 미소를 지어 보였다.

이 자리에 오기 위해 십수 년이 넘는 시간이 걸렸다.

그 망할 놈의 혁무조 때문에 말이다.

잠시 감상에 젖어 있던 신도율은 이내 천천히 손에 힘을 불어 넣었다. 그러자 두꺼운 문이 낮은 소리를 내는 것과 동시에 천천히 열리기 시작했다.

크르르릉.

귓가에 울리는 기분 좋은 묵직한 소리.

소리와 함께 모습을 드러낸 교주전 내부는 어두웠다.

짙은 어둠에 감싸인 공간이었지만 가운데 길게 놓아져 있는 비단에 이어 상석으로 향하는 계단이 신도율의 눈에 들어왔다.

그리고 그 상석의 가장 꼭대기에 위치한 특별한 의자까지.

황금색 용이 새겨져 있는 그 의자가 바로 교주만이 앉을 수 있는 자리였다.

신도율은 열린 문을 통해 교주전 내부로 천천히 발을 들이밀었다.

아무도 없는 교주전 내부가 신도율의 발걸음 소리로 가득 차기 시작했다.

저벅, 저벅.

그리고 점점 가까워져 오기 시작한 교주의 의자.

상석으로 향하는 계단에 몸을 실은 그가 마침내 그 끝에 도달했다.

그곳에 위치한 의자의 바로 앞에 선 신도율이 손을 뻗어 검은색 의자에 수놓아진 황금색의 용을 어루만지기 시작했다.

당장이라도 살아서 튀어나올 것만 같은 황금색 용이 자신을 노려보고 있는 것만 같았다.

신도율이 그런 용의 눈을 바라보며 말했다.

"건방지긴. 내가 이제 너의 주인이 될 분이다."

그 말을 내뱉은 신도율은 몸을 돌려 천천히 교주 의자에 자신의 몸을 실었다.

의자에 기대어 앉은 신도율은 흡족하다는 듯 손잡이를 어루만지며 중얼거렸다.

"이것이…… 교주의 의자로구나."

잠시 의자를 만지작거리던 신도율의 시선은 이내 전방으로 향했다.

상석에 위치한 의자, 그리고 그 아래에 이어진 계단과 그 옆에 도열해 있어야 할 수하들의 모습이 머리에 그려진다.

생각이 거기까지 미치자 신도율은 손바닥으로 얼굴을 감싸 쥔 채로 웃음을 흘렸다.

"큭큭큭!"

천하의 주인만이 앉을 수 있는 자리.

마침내 그 자리가 자신의 것이 되었다.

수많은 이들이 앉기를 원하지만 결국은 단 한 사람만이 가질 수 있는 것이 바로 이 자리다.

모든 것이 마음에 들었다.

내려다보는 이 구도도, 왠지 모르게 안락한 느낌을 주는 이 절대자의 자리도.

신도율이 신이 나는지 손바닥으로 연신 의자의 손잡이

부분을 팍팍 두드리며 소리쳤다.

"좋구나, 아주 좋아!"

신도율은 탐욕으로 빛나는 눈으로 자신이 앉은 자리를 내려다봤다.

어렵게 오른 이 자리.

이젠 그 누구에게도…… 빼앗기지 않는다.

5장. 분열

— 우리가 합시다

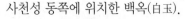

　사천성 동쪽에 위치한 백옥(白玉).

　백옥은 서장과 무척이나 가까운 곳에 위치한 마을이다.
그리고 새외 세력들의 요충지 중 하나인 서장과 가까우니
만큼 잦은 싸움이 벌어지는 곳이기도 했다.

　그런 백옥 지역을 지키는 주요 부대는 다름 아닌 부의민
이 이끌고 있는 군룡회에 포함된 사천만마대(邪天萬魔隊)였
다.

　사천만마대를 중심으로 하여 이십여 개 정도 되는 무력
단체들이 모여 이곳 백옥을 지킨다.

　가장 가까운 서장도 문제지만 다소 떨어진 남만도 경계

해야 하는 요충지 중 하나였기에 무인들의 숫자 또한 적지 않았다.

그런 백옥의 마교 거점으로 일련의 무리가 다가오고 있었으니, 그들은 바로 혁련휘 일행이었다.

혹시 모를 내부의 간자를 피하기 위해 오늘 이곳으로 온다는 사실을 사전에 알리지 않은 혁련휘다. 그랬기에 마교의 교주인 그가 지척까지 왔음에도 그 누구도 알지 못하는 상황이었다.

부의민이 혁련휘에게 찾아왔던 당시 동행했던 무인들도 돌려보냈기에, 지금 당장 이 무리의 숫자는 넷이 전부였다.

그렇게 네 사람이 백옥에 위치한 마교의 부대에 가까워지고 있을 무렵이었다.

숙영지의 입구를 지키고 서 있는 여섯 무인들이 자그마한 목소리로 두런두런 이야기를 나누고 있었다.

"하아, 답답해 죽겠다. 언제까지 이 싸움을 계속해야 하는지 원."

"끝이 있기는 하냐? 결국 우린 버려진 신세잖아."

말을 시작한 사내도, 또 그에 대답하는 이의 목소리에도 짙은 절망감이 느껴졌다.

이미 변방에 있는 말단 무인들에게도 마교의 일은 알려진 상황이다. 그랬기에 이들은 지금 이 상황이 무척이나 답답했다.

변방으로 나온 수많은 무인들.

그들에게도 가족이 있었고, 그 대부분이 마교에 기거하고 있다. 그런 상황에 본거지를 적들에게 먹혀 버렸다.

마교의 무인들은 기본적으로 투쟁심이 강하다.

자신들을 건드린 자들에게 결코 쉬이 물러나지 않는다는 뜻이다.

그렇지만 지금은 상황이 조금 달랐다.

이미 마교는 완벽히 장악당했고, 새로운 주인을 맞으려하고 있다. 한마디로 이미 그들 또한 마교인 셈이다.

더군다나 새로이 교주직에 오르려는 자는 바깥에서 온 자이긴 하지만 결국 마교의 인물이다.

그는 천마의 무공을 이어받은 자였으니까.

마교가 아닌 다른 세력의 인물이었다면 지금처럼 교주 자리에 외인이 앉는 걸 용서하지 않을 것이다. 설령 모두가 죽는다 할지라도.

허나 그 새로운 인물은 마교의 정통성 또한 지니고 있다.

천마의 제자.

그것만으로 이미 그는 마교의 주인이 될 자격을 충분히 갖췄다고 볼 수 있었다.

그런 지금 굳이 그들과 싸워야 할 이유가 있을까?

자신들이 지키고 따라야 할 교주라는 존재 또한 행방이 묘연한 지금, 이렇게 변방에서 가족의 안위는 내팽개쳐 둔 채로 끝이 나지 않을 싸움을 하고 있다는 사실이 그들은 못 내 답답했던 것이다.

여섯 명의 무인들 중 하나가 입을 열었다.

"왜 대주님들이 망설이는지 모르겠단 말이야. 마교의 주인은 이미 바뀐 거 아냐? 지금이라도 서신을 보내 뜻을 함께하겠다는 의사를 내비치는 게 맞는 거 아닌가?"

"그러게 말이다. 교주의 자리가 혈육으로 이어 내려오는 것도 아닌데 못 따를 것도 없잖아."

마교의 교주라는 위치는 혈육이 아닌, 강함으로 정해진다.

혁련휘가 교주 자리에 오를 수 있었던 건 혁무조의 아들이어서가 아니다.

그 자리에 오를 충분한 능력이 되었으니까.

그토록 젊은 나이에 절대십마의 하나였던 천위극을 너무도 쉽게 꺾어 버릴 정도의 무위, 그리고 순식간에 내부의 반대 세력들을 무너트릴 정도의 결단력과 힘을 지녔다.

그런 혁련휘에겐 자격이 있었고, 그건 굳이 그에게만 국한된 이야기가 아니었다.

더욱 강한 자가 결국 교주의 자리를 차지하는 것.

그건 약육강식의 법칙이 중시되는 마교에서 크게 문제될 부분이 아니었다.

약육강식이라는 마교의 기본 이념, 그리고 사라져 버린 교주 혁련휘의 존재.

거기다 시간이 갈수록 위험해지는 가족의 안위와 죽음을 향해 다가간다는 두려움까지 합쳐지며 점점 많은 이들이 차라리 마찰을 일으키기보다는 지금이라도 모양새 좋게 그 아래로 들어가는 게 맞지 않겠느냐 말하고 있었다.

당연한 결과다.

지킬 것이 아무것도 없는 지금 그들에겐 싸워야 할 이유가 없었으니까.

앞으로 어찌 될지에 대해 서로 자그마한 목소리로 수군거리던 중 누군가가 조심스레 말을 꺼냈다.

"교주님은 죽었겠지?"

"당연한 거 아냐? 제대로 함정을 파 놓고 기다렸다더라고. 도망치긴 했지만 거의 죽은 것과 다름없는 상태였고, 그 뒤를 쫓았다고 하니 살아 계실 수가 있나."

대답을 하는 자가 한숨을 푹 쉬며 말을 내뱉었다.

아직까지 교주가 살아 있을지도 모른다고 판단하는 이들도 없잖아 있긴 했지만 그 숫자는 극소수에 불과했다.

현실적으로 살아날 구멍이 없었으니까.

지금 상부에서는 아래로 들어가야 할지, 말아야 할지에 대한 답을 쉬이 내리지 못하고 있지만 만약에 혁련휘의 시체라도 발견되는 날에는…… 더는 고민할 이유도 없을 것이다.

무인들 중 하나가 나무로 만들어진 벽에 기대며 나지막이 중얼거렸다.

"교주님도 죽은 지금 버텨서 뭐하냐. 아마 상부에서도 며칠 이내에 결단을 내리겠지."

결국 시간문제일 뿐 자신들은 마교의 새로운 주인을 맞이하게 될 것이다.

모두가 포기하며 달관하고 있는 바로 그 순간.

덜컹덜컹.

길을 따라 마차 한 대가 다가오고 있었다.

갑작스러운 마차의 등장에 이야기를 이어 가던 무인들은 동시에 자세를 잡았다.

그들의 얼굴에서는 방금 전까지의 나른함과 지친 기색이 사라졌고, 무인의 눈빛으로 매섭게 전방을 응시했다.

마교의 정예 무인들만 대기하고 있는 변방의 접전지. 이곳에 있는 것만으로도 이들의 실력이 그리 녹록지 않다는 걸 말해 주고 있었다.

길을 막아선 그들 중 하나가 재빠르게 소리쳤다.

"멈추시오!"

사내의 외침에 달려오던 마차가 점점 속도를 줄였고, 이내 그쪽을 향해 무인들이 조심스레 다가갔다.

만약의 상황에 대비하여 적당한 거리를 둔 그들 중 하나가 마차로 다가가며 물었다.

"신분을 밝히지 않으면 들어가실 수 없습니다."

살기가 뿜어져 나오는 무인의 경고에 마차를 몰고 있던 마부의 안색이 새하얗게 질렸다. 무공을 모르는 보통 인물에게 이들의 투기는 감당하기 쉬운 게 아니었다.

그 순간 마차의 창을 가리고 있던 휘장이 걷혔다.

창을 통해 얼굴을 드러낸 건 바로 부의민이었다.

그가 퉁명스러운 어조로 말했다.

"안에 보고해. 하던 일들 멈추고 모두 다 모이라고."

부의민의 말에 사내는 당황스러운 표정을 지어 보였다.

이곳이 어디인가?

한 지역을 맡고 있는 마교의 수비대가 위치한 곳이다. 그런 이곳에 있는 대주들 또한 마교 내에서 높은 위치에 속한 자들이다.

그런 이들에게 모이라니?

사내가 표정을 굳힌 채로 물었다.

"……그럴 자격이 있으신 분입니까?"

굳어 있는 표정 너머에서 느껴지는 이글거리는 눈동자를
보며 부의민은 픽 웃었다. 그러고는 이내 창틀에 기대듯 몸
을 숙인 채로 말했다.

"물론. 교주님이거든."

*   *   *

백옥 지역을 지키는 스무 명에 달하는 각 대의 대주들이
허겁지겁 한자리에 몰려오고 있었다. 자주 싸움이 벌어지
는 지역이니만큼 급한 회동은 종종 있는 일이다.

그렇지만 그 어느 때보다 이들의 얼굴엔 당황스러움이
서려 있었다. 그렇게 스무 명에 달하는 대주들이 모여든 커
다란 막사.

그곳엔 이미 몇몇 이들이 먼저 와서 자리하고 있었다. 그
리고 가장 상석에 자리하고 있는 젊은 사내, 그를 보는 순
간 모든 대주들은 황급히 무릎을 굽혔다.

"교주님을 뵙습니다!"

자신을 향해 무릎을 꿇으며 예를 갖추는 대주들을 바라
보며 혁련휘가 고개를 끄덕였다. 무릎을 꿇은 채로 힐끔거
리는 대주들은 자신의 눈을 의심할 수밖에 없었다.

결코 살아 나오지 못할 정도의 함정에 빠졌고, 치명상을

입었다 들었다.

그런데 지금 눈앞에 있는 혁련휘는 다소 수척해 보이긴 했지만 자신들의 상상했던 것보다 훨씬 더 멀쩡한 상태였다.

혁련휘는 자신을 향한 시선을 느꼈는지 짧게 말했다.

"왜? 죽은 줄 알았는데 살아오니 이상한가?"

"그, 그럴 리가 있겠습니까."

당황한 듯 누군가가 대답할 무렵 뒤편에서 한 명의 중년 사내가 모습을 드러냈다.

터질 듯한 근육을 자랑하고 머리는 짧게 잘라 사내다움이 더욱 물씬 풍겨져 나온다.

그는 바로 이곳을 지키고 있는 이십여 개의 무력 단체 중 수장 격을 맡고 있는 사천만마대의 대주 강철환(姜撤還)이었다.

그 또한 지금 이 소식을 듣고 놀라 허겁지겁 달려온 탓인지 복색조차 제대로 갖춰지지 않은 상황.

그는 혁련휘를 보기 무섭게 곧바로 바닥에 부복했다.

"사천만마대 대주 강철환, 교주님을 뵙습니다."

말과 함께 그는 머리를 바닥에 조아리며 두 주먹을 불끈 쥐었다. 그리고 이내 몸을 세운 그가 감동스러운 표정으로 말을 이었다.

"이렇게 무사하신 교주님의 모습을 보니 감개가 무량합니다."

강철환은 생긴 것처럼 무척이나 우직한 사내였다.

이곳 백옥에 자리하고 있는 이십여 개 정도의 세력들. 당연히 그들이라고 해서 뜻이 다 같은 건 아니다.

죽을 때까지 싸우자는 강경파와 굳이 싸워야 할 이유가 없지 않느냐며 이왕 일이 이렇게 되었으니 새로운 교주를 따르자는 온건파로 나뉘어 있었다.

그리고 강철환은 강경파를 이끄는 대표적인 인물이었다.

강철환은 그 같은 일을 벌인 자들을 따르는 게 말이 되느냐며, 죽은 교주의 원수를 어떻게든 갚아야 한다고 길길이 날뛰던 사내였다.

그러던 그였기에 이토록 멀쩡한 혁련휘의 모습을 보니 감격에 젖을 수밖에 없었다.

사실 강경파와 온건파는 아직 뜻을 하나로 모으지 못한 상황이었지만 결과는 어느 정도 정해져 있다 여겼다.

항복을 원하는 온건파의 숫자가 무려 팔 할이 넘었으니 당연한 결과다.

허나 이제는 아니다.

혁련휘가 살아 돌아왔으니 온건파의 많은 이들 또한 뜻을 돌릴 것이다.

감격에 젖어 있던 강철환은 이내 자신의 자리에 가서 섰다. 그리고 이어 몇몇 이들이 더 막사 안으로 들어온 직후에야 혁련휘가 본격적으로 말을 꺼내기 시작했다.

"뭐 소식들은 다 들어서 알 테니 길게는 이야기 안 하지. 천마총으로 가던 중에 기습을 당했고, 내상을 좀 입었어. 겉보기엔 멀쩡하지만 아직까지는 몸 상태가 완벽하진 않고. 그래서 잠시나마 몸을 의탁하기 위해 이곳을 찾았다."

혁련휘의 말에 강철환이 이를 갈며 말했다.

"교주님 명령만 내려 주시지요. 당장 이곳 백옥에 있는 무인들을 이끌고 그들을 모조리 쓸어버리겠습니다."

투기 넘치는 강철환의 말에 혁련휘가 고개를 저으며 말을 받았다.

"이곳 인근에서도 계속해서 새외의 세력과 싸우고 있다던데 아닌가?"

"맞습니다."

"그런 상황에서 등 뒤에 적을 두고 마교로 향할 순 없지. 그보다 한동안 신세를 좀 지려 하는데."

"물론입니다. 필요한 건 뭐든지 말씀만 하시지요."

"우선 몸을 회복할 장소가 필요해. 마련해 줄 수 있겠어?"

"네, 곧바로 알아보라고 하겠습니다."

강철환이 고개를 끄덕였고, 그런 그를 바라보던 혁련휘가 이내 다른 이들에게로 시선을 돌렸다.

"무사한 걸 보여 주려고 다들 불러 모았던 거니 이제 일들 보러 가. 사천만마대 대주만 남고."

"존명!"

혁련휘의 명에 강철환을 제외한 나머지 인원들이 동시에 포권을 취해 보이며 소리쳤다.

그러고는 이내 약속이라도 한 듯이 빠르게 막사 바깥으로 빠져나갔다.

사라져 가는 그들을 바라보며 혁련휘는 말없이 의자에 몸을 기댔다.

모든 이들을 불러 모은 건 자신의 건재함을 알리기 위함이다.

굳이 시키지 않아도 저들의 입을 통해 자신이 살아 있다는 사실이 중원 곳곳으로 퍼져 나갈 것이다.

그렇게 된다면 이곳 백옥은 물론이거니와, 결집하지 못하고 있을 마교의 무인들이 하나로 모일 수 있는 계기가 될 수도 있다.

다른 이들이 모두 나간 후에야 혁련휘가 입을 열었다.

"내가 죽었을 거라 알고 있었으니 내부적으로 상당히 흔들렸겠군."

"······부끄럽게도 그렇습니다. 명령만 내리신다면 항복을 하자는 식의 불순한 마음을 먹었던 그놈들을 당장······."

"아니, 괜찮아."

혁련휘가 손을 들어 이를 가는 강철환을 말렸다.

그러고는 이내 말을 이었다.

"내가 죽었다면 그런 판단을 내릴 수도 있다 생각하니까. 하지만 그건 지금까지야. 지금까지는 용서하겠지만······ 이제부터는 흔들려선 안 돼."

변방에 있는 모든 무인들이 혁련휘를 위해 뭉친다 해도 승산이 없는 상황이다. 그런 지금 내부적으로 문제가 생긴다면 그거야말로 신도율이 바라는 바일 것이다.

혁련휘가 말했다.

"내가 제대로 움직일 수 있는 그때까지 네가 다른 이들과 힘을 합쳐서 내부적인 단속을 해야 할 것 같군. 쉽지 않겠지만 중요한 일이야. 할 수 있겠어?"

"할 수 있는 게 아니라, 반드시 해내겠습니다."

목소리에 힘을 주어 말하는 강철환을 보며 혁련휘가 답했다.

"좋아, 그럼 그 일은 맡기지. 그리고 아까 말한 거처는 조용한 곳으로 좀 부탁하지."

혁련휘가 강철환과 이야기를 나누고 있는 그 시각.

막사를 빠져나온 이들 중 누군가가 자신들의 거처에서 비밀스러운 이야기를 나누고 있었다.

온건파에 속해 있던 염봉(閻峯)과 진조생(陳曹生)이라는 자들이었다.

둘은 자신들의 거처에서 이마를 감싸 안은 채로 고민에 잠겨 있었다.

진조생이 혼잣말처럼 중얼거렸다.

"교주가 살아 있을 줄이야……."

"진 대주, 이걸 어째야 합니까? 교주가 살아 있으니 분명 싸우게 될 것 아닙니까."

"하아, 그러게 말입니다. 이거야말로 답이 없는 싸움입니다. 결국 저희는 새외 놈들에게 발이 잡혀 있을 것이고, 마교 본성을 장악한 그들의 내부 정리가 끝나는 그 순간…… 앞뒤로 포위당하는 형상이 되겠지요."

"그렇게 된다면 저희 모두 죽는 건 기정사실 아닙니까."

"그렇지요. 차라리 교주가 죽었다면 일이 쉬워졌을 터인데……."

염봉이나 진조생 둘 모두 혁련휘의 생존을 반기지 않았다.

그가 돌아온 탓에 이 승산 없는 싸움을 쉽사리 끝내기 어려워진 탓이다.

교주가 살아 있으니 변방의 무인들 또한 최대한 하나로 힘을 합칠 것이고 결국 양측 중에 하나는 죽어야 끝날 싸움이 벌어지게 될 게다.

그리고 그 승자가 자신들이 아닐 거라는 건 너무도 당연했다.

그때 진조생이 걱정스럽게 물었다.

"혹 주 가주에게 보낸다는 서찰을 보내신 겁니까?"

진조생이 말하는 주 가주란 다름 아닌 혈뢰주가의 주인인 주자악이었다.

그런 진조생의 물음에 염봉이 머리가 아프다는 듯 이마를 감싸 안고는 대답했다.

"끄응! 미치겠군요. 이미 주 가주에게 이들을 설득해 항복하게 만들겠다고 서찰을 보냈는데…… 일이 이렇게 틀어진다면 주 가주가 저희를 어떻게 보겠습니까?"

"어떻게 해야 할까요? 조금 더 시간을 달라 재차 서찰을 보내는 건 어떠실는지……."

"아쉬운 건 주 가주가 아닌 우리이거늘 그가 우리의 뜻대로 해 주겠습니까. 오히려 시간을 끌려는 얕은수로 여기고 저희를 죽이려 들지도 모르지요."

"그럼 어떻게 합니까? 정말 이대로 교주를 따라 전면전이라도 벌여야 한다는 겁니까?"

말을 이어 가는 진조생의 어투에는 짙은 걱정이 묻어났다.

그런 그의 말에 염봉은 침묵했다.

교주가 돌아왔고 결국 분위기는 바뀔 것이다.

그리고 마치 죽을지도 모르고 불에 뛰어드는 불나방과도 같은 멍청한 싸움을 벌여야 한다.

하지만 염봉은 그리 죽고 싶지 않았다.

'……한 명만 사라지면 모두가 살 수 있다.'

염봉이 눈을 빛내며 슬그머니 진조생을 향해 손짓했다.

그가 무슨 일이냐는 듯 가까워지는 바로 그 순간 염봉이 자그마한 목소리로 속삭였다.

"우리가…… 교주를 죽입시다."

*   *   *

백옥에서 약 하루 정도 떨어진 거리에 위치한 장원 한 채.

장원의 뒤편으로는 커다란 호수가 자리했고, 앞쪽으로는 넓은 땅이 시원하게 쫙 펼쳐져 있었다.

사람들이 자주 오가지 않는 길목에 위치한 이 장원은 혁련휘가 부탁한 대로 무척이나 조용했고, 풍경 또한 나쁘지 않았다.

사천만마대 대주 강철환이 알려 준 이 장원은 비밀리에 몸을 감추고 다친 내상을 회복하기 무척이나 좋은 장소였다.

가장 가까운 마을과는 대략 한 시진 반 정도의 거리에 위치한 이곳에 먼저 모습을 드러낸 건 혁련휘와 환야, 그리고 부의민이었다.

세 사람은 오랜 시간 사람이 머물지 않았던 장원에 들어서고는 주변을 확인했다.

이곳에 있다는 사실을 아는 이들을 최소한으로 줄이기 위해 잡일을 해 줄 사람들조차 일부러 두지 않았다.

비설이 지금 이곳에 없는 건 바로 그 때문이었다.

며칠 동안 머물러야 할 이곳에 식거리를 비롯한 생필품들조차 없었고, 그 때문에 필요한 것들을 사러 마을에 간 것이다.

그리고 덩달아 뭔가 받아 올 게 있다면서 비설은 직접 마을로 향했다.

그렇게 장원에 도착한 이들은 바로 짐을 풀고 각자의 방에 자리했다. 그런 그들이 다시금 한자리에 모인 건 그로부터 반나절 정도가 지났을 무렵이었다.

혼자서 마을로 향했던 비설이 커다란 봇짐을 등에 짊어지고 장원 안으로 걸어 들어오고 있었다.

"저 왔어요!"

그녀의 목소리에 방 안에 들어가 있던 세 명의 사내들이 모습을 드러냈다.

가장 먼저 방에서 나온 혁련휘가 표정을 찡그린 채로 말했다.

"왜 이렇게 늦어?"

"아, 뭐가 잠깐 어긋나는 바람에 생각보다 좀 더 걸렸네요. 그나저나 여기 분위기 장난 아닌데요?"

비설은 이곳이 맘에 들었는지 주변을 두리번거리며 환하게 웃었다.

뒤쪽에 있는 호수도, 앞에 펼쳐진 대지도 사람의 기분을 좋게 만드는 매력이 있었다.

그런 혁련휘의 뒤를 이어 환야와 부의민도 방에서 걸어 나왔다.

잠시 자고 있었던 건지 부은 눈을 비비던 부의민이 이내 당황한 표정을 지어 보였다. 비설이 자신만 한 짐을 지고 있는 걸 보고 무척이나 당황한 것이다.

"그, 그 짐은 뭐야?"

"뭐긴요. 식재료죠."

"그게 전부 먹을 거라고?"

"그럼요."

"야, 우리가 여기에 한동안 머물 거라고는 해도 그래 봤자 며칠인데……."

몸을 회복하기 위해 잠시 이곳에 왔지만 시간적 여유가 그리 많지 않다. 그랬기에 이곳에서 머물 시간은 고작 며칠 정도에 불과했다.

그런 부의민의 지적에 비설이 당당하게 말했다.

"아무리 며칠만 지낸다고 해도 사람이 몇 명인데요. 이 정도면 이삼일이면 작살낼걸요."

"야! 그렇게 무식하게 먹는 게 이제 너 말고 누가 있다고……."

말을 내뱉던 부의민은 움찔하고는 슬그머니 입을 닫았다.

은연중에 달치를 연상케 하는 말이 쏟아져 나온 탓이다.

부의민은 슬쩍 환야를 바라봤고, 그는 아닌 척하곤 있었지만 역시나 얼굴엔 그림자가 드리워져 있었다. 그런 환야를 보며 부의민은 안타까웠는지 입술을 깨물었다.

항상 투덕거리던 두 사람이다.

하루가 멀다시피 싸워 댔지만 모두가 알고 있었다.

그만큼 서로를 위하는 사이였다는 것 정도는.

딱딱하게 굳은 환야와 부의민의 모습을 눈치챈 비설이 재빠르게 이야깃거리를 돌렸다.

"아 참! 아저씨 이거 못 봤죠?"

말을 끝낸 비설이 가볍게 하늘을 향해 손을 휘휘 저으며 소리쳤다.

"흑풍!"

그녀의 외침에 하늘 위를 동그랗게 원을 그리며 돌고 있던 흑풍이 천천히 바닥으로 내려왔다. 그러고는 이내 가까운 곳에 있는 바위 위에 착지하고는 물끄러미 비설을 바라봤다.

흑풍의 모습에 부의민이 당황한 듯 고개를 갸웃했다.

"어라? 저놈이 네가 부른다고 오던 녀석이 아닌데……."

환야는 일전에 본 적이 있어서 알지만 부의민으로서는 지금처럼 흑풍이 혁련휘가 아닌 다른 누군가의 부름에 응한다는 것 자체가 신기한 모양새였다.

혁련휘를 구해 낸 그 날 이후 흑풍은 비설에게도 부쩍 친근감을 표시하고 있었다.

비설은 품 안에서 천에 싸 둔 자그마한 생선 반 토막을 꺼내 흑풍에게 내밀었다. 원래대로라면 입도 안 대던 흑풍이었지만…….

턥.

입으로 받아 물은 흑풍은 단번에 생선을 삼켰다.

그런 모습에 놀란 듯 부의민은 눈을 치켜뜬 채 보고만 있었고 비설은 득의양양한 표정으로 뽐내듯 말했다.

"제가 친해질 거라고 했었죠?"

흑풍과 친해질 거라고 말하면 항상 비웃음을 흘려 대던 부의민이었다.

그랬기에 비설은 지금 이 모습을 언젠가 보여 주리라 내심 이를 갈고 있었다.

부의민은 괜스레 시선을 돌리며 딴청을 부렸고, 그런 그에게 비설이 뭔가를 더 이야기하려 할 때였다.

서 있던 혁련휘가 그녀에게 물었다.

"마을에서 받아 올 게 있다면서. 그건 받아 온 거야?"

"아, 그럼요. 그거 때문에 좀 늦었는걸요."

말을 마친 비설이 갑자기 품 안에서 자그마한 상자 하나를 꺼내어 내밀었다. 그녀는 그것을 혁련휘의 손에 쥐여 주었다.

손바닥의 반도 안 될 정도의 크기의 상자를 건네받은 혁련휘가 이게 뭐냐는 표정을 지어 보일 때였다. 비설이 웃는 얼굴로 말했다.

"열어 보세요, 형님. 형님 드리려고 가져온 거거든요."

"……."

혁련휘가 자신의 손에 쥐어져 있는 상자를 말없이 바라보다 이내 조심스럽게 그 뚜껑을 열기 시작했다. 그리고 이내 닫혀 있던 뚜껑이 열리는 순간 그 안에서 향긋한 냄새가 주변으로 은은하게 퍼져 나갔다.

갑작스레 밀려드는 향기에 환야와 부의민의 시선도 혁련휘가 들고 있는 상자로 향했다.

상자 안에는 엄지손가락보다 조금 작은 크기의 환단 하나가 들어가 있었다.

그저 새까맣고 자그마한 환단이었지만 그것에서 풍겨져 나오는 은은한 향은 이것이 결코 평범한 환단이 아니라는 걸 짐작게 했다.

혁련휘가 물었다.

"이건……?"

"내상을 심하게 입으셨잖아요. 치료에 도움 좀 되시라고 특별히 구해 왔어요."

"보통 물건이 아닌 것 같은데."

"역시 형님은 눈썰미가 좋으시네요. 꽤 어렵게 구한 물건이거든요."

비설이 내려놓은 짐 더미 안에서 과일 하나를 꺼내어 문 부의민이 고개를 끄덕이면서 말을 받았다.

"그러게. 냄새가 코끝을 찌르는 게 제법 비싸 보이네. 얼마짜리 약이냐?"

"……그게 가격으로 환산하기는 좀 애매해요."

"세상에 가격 없는 약도 있냐? 대체 뭔데?"

기가 차다는 듯 말을 하며 다시금 과일을 막 씹어 삼키는 부의민을 향해 비설이 대답했다.

"소환단이요."

비설의 말이 떨어지는 순간 부의민은 거칠게 기침을 토해 댔다.

"커, 컥컥!"

그러고는 이내 소매로 입가를 닦아 내며 당황스러운 얼굴로 되물었다.

"소, 소환단? 내가 아는 그 소림의 소환단?"

"네. 세상에 소환단이 소림사 거 말고 또 뭐가 있겠어요."

무덤덤하니 말하는 비설이었지만 막상 그 말을 듣고 있는 환야나 부의민은 멍한 눈으로 그녀를 바라봤다.

소환단은 소림이 자랑하는 영약이다.

물론 대환단이라는 소림 최고의 영약에는 미치지 못하지만 그건 이미 실전되었다고 해도 과언이 아니다.

대환단에 비해 효과가 떨어지는 소환단이지만 이 또한

아무리 돈이 많아도 구할 수 없는 영약이다. 내상의 치료는 물론이거니와 내공 증진에도 엄청난 도움이 되는 것이 바로 이 소환단이다.

소림사 내에서도 구경조차 힘든 물건을 구해 온 비설을 향해 환야와 부의민이 조르듯이 말했다.

"야, 우린 뭐 없냐?"

"그래. 최소한 만들다가 남은 가루라도 줘야 하는 거 아냐?"

먹이를 조르는 아기 새들처럼 조잘거리는 두 사람에게서 슬쩍 한 발자국 떨어진 비설이 어색한 얼굴로 대꾸했다.

"바, 밥이 보약이잖아요. 하하."

"누군 밥이고, 누군 소림사의 소환단이냐!"

억울하다는 듯 말하는 부의민을 뒤로한 채로 혁련휘가 비설에게 말했다.

"나한테 줘도 되겠어?"

"에이, 무슨 소리세요. 형님 주려고 구해 온 거라고요."

"귀한 물건이잖아."

소환단은 무인이라면 누구라도 욕심을 낼 수밖에 없는 물건이다.

이것 하나만으로도 몇십 년 이상의 공력을 가질 수 있는데 어찌 탐나지 않을 수 있으랴.

그런데도 불구하고 비설은 자신을 위해 아무렇지 않게 이런 영약을 내밀었다.

쉽게 구한 것처럼 보일지 몰라도 소림의 소환단을 구하는 게 쉬웠을 리가 없다. 그리고 실제로 그녀의 간곡한 청이 있었기에 가능한 일이었다.

쉽사리 먹지 못하고 있는 혁련휘를 향해 비설이 답했다.

"맞아요. 귀한 물건이니까요. 그러니까 형님에게 드리는 겁니다. 형님이 어서 나으셨으면 해서요. 그러니 부담 가지지 말고 어서 드세요."

말을 하며 미소를 지어 보이는 비설을 바라보던 혁련휘는 고개를 끄덕였다. 지금 가장 중요한 건 최대한 빠르게 몸 상태를 회복하는 것이라는 걸 알기 때문이다.

소환단이 도움만 준다면 회복 속도는 비교도 안 될 정도로 빨라질 것이다.

혁련휘가 지그시 비설을 응시했다.

이 여인은 언제나 이렇다.

본인 스스로보다 혁련휘 자신을 먼저 생각해 주는 사람.

너무도 지쳐 쓰러지려 할 때는 언제나 말없이 옆에서 지탱해 주는 그런 사람.

그랬기에 좋아하게 됐고, 또 사랑하게 됐다.

인생에 다시없을 소중한 사람. 그게 바로 이 여인이다.

혁련휘가 천천히 손을 뻗어 비설의 머리를 쓰다듬었다.
그러고는 짧게 말했다.

"……고마워."

비설은 그런 혁련휘의 손길에 배시시 웃었다.

남만의 끝자락에 날아든 한 장의 서찰.

그 서찰을 보낸 이는 바로 염봉이었다.

혁련휘가 살아 돌아온 것을 탐탁지 않아 하던 염봉은 이
번 싸움이 길어지지 않게 하기 위해 그를 죽이기로 마음먹
었다.

그렇지만 염봉은 자신이 이번 일에 개입되었다는 증거를
남기고 싶지 않았다. 그랬기에 직접 움직이기보다는 다른
자들을 이용하기로 마음먹은 것이다.

그리고 지금 같은 상황에 손을 빌릴 가장 좋은 자는 새외
에 속한 이들이었다.

지금 같이 새외와 전쟁이 벌어지고 있는 이때, 그들의 손
에 혁련휘가 죽는다면 전혀 문제 될 것이 없었으니까.

염봉은 이 와중에서도 제법 머리를 썼다.

지금 자신들이 견제하고 있는 서장의 포달랍궁을 이용한
게 아니라 남쪽에 있는 남만야수궁에게 혁련휘의 생존 사
실과, 그가 있는 곳을 알린 것이다.

혁련휘가 지내고 있는 장원을 치기에는 서장에서 직접 움직이기보다는 남만야수궁의 인물들이 비밀리에 뒤를 치는 것이 낫다는 판단이 섰기 때문이다.

그리고 실제로 백옥 지역은 현재 철통같은 감시 속에 혁련휘가 있는 거처로 향하는 길목을 막아 내고 있다.

그런 삼엄한 방어선을 뚫느니 차라리 거리는 조금 더 멀더라도 남만야수궁을 통해 이번 일을 진행하는 게 나은 상황이었다.

그런 염봉의 비밀스러운 서찰을 전해 받은 건 바로 남만야수궁의 궁주인 호목천왕(虎目天王) 포거정(包巨晶)이었다.

그는 호랑이 가죽으로 된 옷을 걸치고 있는 거구의 사내로, 옷 사이사이로 드러난 몸은 근육으로 뒤덮여 있었는데 길게 산발을 한 머리카락 곳곳에는 붉은 장신구가 주렁주렁 자리했다.

사납게 생긴 눈동자는 당장이라도 폭발할 듯이 이글거렸고, 두꺼운 다리 언저리에는 무척이나 길어 보이는 채찍이 말려 있었다.

그리고 가장 눈에 띄는 것은 그런 포거정의 옆에 웅크리고 앉아 있는 커다란 호랑이였다.

성난 맹수를 다룰 수 있는 이들, 그것이 바로 남만야수궁이다.

포거정은 봉투 안에 들어 있던 서찰을 확인하고는 이내 고개를 끄덕였다.

"마교의 교주가 살아서 숨어 있다 이거로군."

봉투 안에는 대략의 상황이 적힌 서찰과, 혁련휘가 머물고 있는 곳의 지도가 들어 있었다. 두 가지 모두를 확인한 포거정은 두꺼운 팔로 턱을 괸 채로 곰곰이 생각에 잠겼다.

거리는 조금 떨어져 있긴 했지만 실력이 있는 자들이라면 오 일 이내에 도달할 수 있는 위치다.

마교 교주 혁련휘의 죽음은 남만야수궁에게도 적잖이 중요한 일이었다.

그가 죽어야 이 싸움에서 입을 자신들의 피해가 최소화될 것이다.

더군다나 신도율과 밀접한 관계를 맺으며 혹시 남만 쪽으로 혁련휘가 온다면 제거하겠다는 밀약 또한 맺은 상태였다.

그러던 중 혁련휘의 위치를 알았으니…… 망설일 이유가 없었다.

'몸 상태가 좋지 않아 제대로 내공을 못 쓴다라…….'

포거정이 픽 웃었다.

"이거야말로 식은 죽 먹기가 아니던가."

전해 듣기로 교주 일행은 현재 그까지 포함하여 고작 넷에 불과하다.

물론 그들 대부분이 엄청난 실력자라는 걸 파악한 상황이다.

특히 그 비설이라는 자…… 무림의 많은 이들은 알지 못했지만 포거정은 그녀가 얼마나 위험 인물인지 신도율 측으로부터 이미 전해 들었다.

그쪽에서도 혁련휘의 옆에 있을 이들을 최대한 떨어뜨리는 데 도움을 주겠다고 약조했고, 포거정 또한 어렵게 잡은 이 기회를 놓치고 싶지 않았다.

마음 같아서야 본인이 직접 달려가고 싶었지만…….

그렇게 되었다가는 오히려 눈에 띌 수도 있다.

포거정이 입을 열었다.

"혈사자(血獅子) 전원 집합시켜."

혈사자는 남만야수궁이 자랑하는 최정예 부대.

그들이 움직일 것이다.

혁련휘를 죽이기 위해서.

6장. 부활

— 교주다

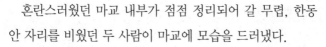

혼란스러웠던 마교 내부가 점점 정리되어 갈 무렵, 한동안 자리를 비웠던 두 사람이 마교에 모습을 드러냈다.

새외 세력들과 연합하며 마교의 변방을 어지럽게 만드는데 일조한 유영인과 고경천이었다.

마교 내성까지 들어선 둘이 향하는 건 얼마 전까지만 해도 혁련휘의 거처였던 새로운 교주전이었다.

그리고 도착한 그곳에서 그들을 반긴 건 우치였다.

"여, 이제들 온 거냐?"

말을 걸어오는 우치를 향해 고경천이 평소의 싸늘한 모습과는 어울리지 않게 다소 들뜬 표정으로 주변을 두리번거리며 물었다.

"이제 여기가 우리의 거처인가?"

"그렇지. 얼마 전까지만 해도 혁련휘 그놈이 쓰던 곳인데 이젠 우리 거야."

기분 좋게 웃으며 말하는 우치를 향해 유영인이 차갑게 말했다.

"대장은?"

"안에 계신다. 너희가 온다고 해서 기다리고 계셔."

"그래? 그럼 우선 인사부터 드릴게."

"따라와."

우치가 성큼 걸음을 옮겼다.

그런 그의 뒤를 따라 걷기 시작한 두 사람이 도착한 장소.

그곳은 혁련휘가 사용했던 집무실이었다.

이제는 신도율이 채워 둔 새 가구들이 가득한 집무실의 한편에 이곳의 새로운 주인이 자리하고 있었다.

커다란 의자에 걸터앉은 채로 신도율은 집무실 안으로 모습을 드러내는 두 사람을 응시했다.

두 사람이 신도율에게 다가와 예를 갖췄다.

"대장을 뵙습니다."

"그래, 변방까지 가서 고생들 했다. 한동안 너희가 해야 할 일은 없으니 좀 쉬면서 몸 관리들 해. 내부가 정리되는 대로 또 해야 할 일들이 많으니까."

말을 하는 신도율을 유영인은 지그시 바라봤다.

그런 그녀의 시선을 느껴서일까?

신도율이 물었다.

"왜?"

"……머리를 자르셔서요."

"너희는 내 얼굴들 알잖아."

앞머리를 기르기 전부터 봐 왔던 이들이다. 그랬기에 이들 모두는 신도율의 얼굴을 알고 있다. 별 대수롭지 않은 일이라는 듯 말하는 그를 향해 유영인이 물었다.

"심경의 변화라도 있으신 건가 해서요."

"그럴 리가. 그냥 이제 최고의 자리에 올라야 할 텐데 얼굴을 가리고 있고 싶지 않아서."

신도율의 대답에 고개를 끄덕이던 유영인이 이내 빈자리를 느끼고 물었다.

"그런데 소일홍은 어디에 있죠?"

소일홍이라는 이름이 나오자 우치가 움찔했다.

갑자기 집무실 내부에 흐르는 묘한 공기를 느껴서인지 유영인이 미간을 찡그리며 말했다.

"설마 무슨 일이 생긴 건가요?"

"……녀석은 죽었다."

"죽어요? 분명 혁련휘 일행과의 일이 끝났을 때까지만 해도 살아 있다고 들었는데……."

이해가 안 된다는 듯 말하는 그녀를 향해 신도율이 괴로운 표정을 지어 보이며 말을 받았다.

"살아 있었지. 혁련휘 그놈에게 큰 부상을 입은 탓에 거동조차 쉽진 않았지만 분명 죽을 정도의 부상은 아니었다. 그런데 마교로 돌아오던 길에 침입자가 있었다."

"침입자요?"

"그래, 그리고 그 침입자로 인해 소일홍을 비롯해 그곳을 지키고 있던 무인들도 모두 죽었다."

얼굴을 감싼 채로 힘겹게 말을 잇는 신도율.

하지만…… 얼굴을 가리고 있는 손 건너의 그의 모습에는 딱히 어떠한 감정도 느껴지지 않았다.

직접 소일홍을 죽였고, 혹시 모를 뒷말이 생기지 않도록 거처를 지키던 무인들까지 모조리 죽인 신도율이다.

그는 자신이 그 같은 일을 벌였다는 사실이 알려지는 걸 바라지 않았다.

이들을 이용해야 했으니까.

소일홍이 죽었다는 말에 유영인은 착잡한 표정을 지어 보였다.

분명 좋은 사이는 아니었다.

그렇지만 같은 뜻으로 뭉친 자가 죽었다는 사실이 그리
유쾌하진 않았다.

더군다나 신경이 쓰이는 건 그녀가 죽었다는 것뿐만이
아니다.

이곳 마교로 돌아오는 내내 유영인의 신경을 계속 건드
렸던 건 바로 환야였다.

과연 그는 어떻게 됐을까?

혁련휘 일행이 아직 다 죽지 않고 모습을 감췄다는 사실
은 알고 있었지만…….

유영인이 조심스레 물었다.

"그런데 혁련휘 일행은 어떻게 된 거죠? 살아서 도망쳤
다고 들었는데요."

물어 오는 그녀의 질문에 대답한 건 신도율이 아닌 우치
였다.

그가 이죽거리듯이 말했다.

"맞아. 혁련휘랑 네가 그토록 아끼는 환야인지 뭔지 하
는 놈도 내가 봤을 때까진 살아 있었어. 운이 좋다면 아직
도 살아 있겠지. 좋겠네? 그놈도 살아 있어서."

"……아직 못 찾은 거야?"

"백방으로 수소문 중이야. 분명 뒤를 제대로 쫓고 있었

는데 갑자기 땅으로 꺼졌는지 하늘로 솟았는지 흔적이 이
상하게 꼬이며 사라졌단 말이야?"

우치가 이해가 안 간다는 듯 중얼거렸다.

비설과 북천회가 준비해 둔 가짜 흔적을 뒤쫓은 바람에
벌어진 일이다.

환야가 살아 있다는 말에 내심 안도하면서도 유영인은
그런 자신의 속내를 드러내지 않았다.

그녀의 시선이 슬픈 표정으로 자리에 앉아 있는 신도율
에게로 향했다.

소일홍의 죽음, 뭔가 석연치 않다.

'……침입자에게 죽었다고?'

쉬이 납득할 수 없는 이야기다. 그렇지만 다른 이도 아닌
신도율이 그리 말하고 있으니 증거가 없는 이상 믿을 수밖
에 없는 노릇.

우치나 고경천은 소일홍의 죽음에 대해 별 의문이 없어
보였지만 유영인은 조금 달랐다.

그녀는 둘과는 다른 이유로 신도율에게 힘을 실어 준 것
이니까.

유영인이 꿈꾸는 어린아이들이 고통받지 않고 살 수 있
는 평화로운 세상. 그 세상을 위해 그녀는 많은 걸 포기하
고 살아왔다.

수도 없이 많은 이들을 죽였고, 그로 인해 피에 물들어
버린 자신의 손을 보며 스스로에게 세뇌하듯 말해 왔다.

평화로운 세상을 만들기 위해 희생은 필요한 것이라고.

그렇지만…….

새외에서 보아 온 그 끔찍했던 모습들은 자신이 그려 왔
던 평화로운 세상과는 너무도 거리가 멀었다. 아직은 과도
기라 시간이 필요하다 계속해서 되뇌긴 했지만…… 스스로
가 생각해도 쉬이 납득이 가지 않는 소리였다.

그랬기에 유영인은 고민에 빠져 있었다.

스스로가 꿈꿔 왔던 그 세상을 만들겠다는 명목 아래 자
신은 더욱 많은 이들의 평화를 뺏고 있는 게 아닌가 하는.

허나 그럴 때마다 유영인은 애써 고개를 저었다.

그런 자신의 고민이 맞다면…… 여태까지 싸워 온 그 모
든 시간이 헛된 것이 되어 버리니까.

그랬기에 유영인은 아직 포기하지 않았다.

아직까지 자신이 꿈꾸던 그 세상이 올 거라는 얇디얇은
희망의 끈을 놓지 않고 있었다.

그렇게 의심되는 많은 것들에서 유영인이 고개를 돌렸을
그때 바깥에서 다급한 인기척이 느껴졌다.

우치가 바깥을 향해 버럭 소리쳤다.

"뭐야!"

"그, 급보입니다."

목소리의 주인공은 혈뢰주가의 인물로 소식을 전해 주는 자였다.

우치가 신도율을 대신해 바깥으로 걸어 나갔고, 그곳에서 그자가 들고 온 서찰을 빼앗듯 잡아채고는 짧게 말했다.

"가 봐."

말을 마친 우치는 서찰을 들고 다시금 집무실 안으로 걸어 들어왔다.

그가 신도율에게 다가가 건네받은 서찰을 내밀었다.

우치가 건넨 서찰을 말없이 받은 신도율이 안의 내용을 확인하고는 눈을 부릅떴다. 그러고는 이내 기다렸다는 듯 입가에 잔인한 미소를 머금은 그를 향해 고경천이 조심스레 말을 걸었다.

"왜 그러십니까? 무슨 일이라도 생긴 겁니까?"

고경천의 질문에 신도율은 손에 쥐고 있던 서찰을 와락 구겼다.

계속해서 찾아왔다.

쥐새끼처럼 어디에 숨어 있나 했는데…….

기분 좋은 미소를 머금은 신도율, 그가 구겨진 서찰을 내려다보며 차갑게 말했다.

"……혁련휘가 나타났다."

＊　　　＊　　　＊

이곳 장원에서 지낸 지 어느덧 여드레가 흘렀다.

장원에서의 하루하루는 무척이나 평화로웠다. 아무도 찾지 않았고, 또 아무런 일도 벌어지지 않았으니까.

혁련휘는 삼 일 정도 내상을 가다듬은 이후 소환단을 복용했다. 그러고는 그때부터 지금까지 혁련휘는 연무장에서 움직이지도 않고 가부좌를 틀고 있었다.

오 일 동안 그는 무아지경에 빠져 소환단을 몸 안에 녹여 내리고 있었던 것이다.

아마도 그 소환단을 모두 녹여 내게 된다면 혁련휘는 내상의 회복은 물론이거니와 적지 않은 내공 또한 얻게 될 게다.

환야는 비파월과의 접선을 위해 잠시 자리를 비운 탓에 장원에는 운기조식을 하고 있는 혁련휘를 제하고 비설과 부의민만이 남아 있었다.

늦은 밤, 지척의 호수에서 들려오는 찰랑거리는 물소리가 귀를 어지럽힌다.

나란히 앉은 채로 호수를 바라보고 있는 비설과 부의민은 별다른 대화를 나누지 않았다.

그저 어두운 물을 바라보며 각자의 생각에 잠겨 있을 뿐
이었다.

그런 이곳 장원에 손님이 찾아왔다.

탕탕.

문을 두드리는 소리에 두 사람의 시선이 입구로 향했다.
문 건너에서 목소리가 들려왔다.

"계십니까?"

부의민이 기지개를 켜며 자리에서 일어났다.

"하암, 귀찮게 이 밤에 대체 누구야."

투덜거리며 부의민은 입구로 다가갔고, 이내 바깥에 찾
아온 이와 조우했다.

부의민은 생면부지의 젊은 사내를 확인하고는 퉁명스레
말했다.

"누굽니까?"

물어 오는 부의민을 향해 사내가 손에 든 서찰을 스윽 내
밀었다.

얼결에 서찰을 받아 든 부의민이 이게 뭐냐는 듯한 시선
을 주고받을 때 그가 짧게 대답했다.

"이 서찰을 이곳에 있는 여자 분한테 전달해 달라는 말
을 듣고 온 겁니다."

"여자요?"

부의민이 되물었다.

이곳의 여자라면 비설 그녀 하나뿐이지 않은가.

그런 부의민의 질문에 사내가 자긴 잘 모르겠다는 듯 고개를 저으며 답했다.

"저도 돈을 받고 전달해 주는 거라 자세한 건 모릅니다. 어쨌든 전 할 일 다 했으니 이만 갑니다."

말을 마친 그는 미련 없다는 듯 몸을 돌리고 길을 따라 걸어가기 시작했다.

그런 그자의 등을 물끄러미 바라보던 부의민이 이내 문을 닫고 비설에게 다가왔다.

그가 손에 들린 서찰을 휘휘 흔들며 말했다.

"이거 너한테 온 거 같은데?"

"저요?"

비설이 눈을 동그랗게 뜨고 되묻자 부의민은 서찰을 그녀에게 건넸다.

그걸 건네받은 비설은 안의 내용이 궁금했는지 재빠르게 서찰을 펼쳤다. 서찰 안의 내용은 그리 길지 않았다.

비설, 급(急) 서천 천류 객잔.

서찰의 내용을 물끄러미 내려다보던 부의민이 물었다.

"뭐야, 이건?"

"저희 쪽에서 뭔가 급히 용무가 있다는 것 같은데요."

서천은 이 장원과 가장 가까이 있는 마을이고, 천류 객잔은 아마 그곳에 있는 곳들 중 하나인 모양이다.

비설은 자신에게 온 서찰을 말없이 뚫어져라 바라봤다.

"흐음."

서찰을 바라보던 비설이 이내 자리에서 벌떡 일어났다.

그러고는 부의민을 지그시 바라보다 이내 말했다.

"잠시 자리를 좀 비워야 할 것 같은데요."

"……아, 그렇게 해."

"그럼 가기 전에 형님한테 인사 한번 드리고 갈게요. 아마 운기를 하시는 중이라 대답은 못 하시겠지만요."

말을 마친 비설이 종종걸음으로 혁련휘가 있는 연무장으로 뛰어 들어갔다. 그러고는 이내 인사를 끝마쳤는지 금방 바깥으로 걸어 나왔다.

그녀는 자미쌍검만 달랑 든 채로 부의민과 짧은 대화를 나눴다.

"최대한 빠르게 다녀올 테니 그동안 형님 좀 부탁드릴게요."

"걱정 말고 다녀와."

"그럼 이따가 봬요."

비설은 짧게 눈인사를 건네고는 그들이 머무는 장원의 문을 열고 곧바로 마을 쪽으로 걸음을 옮겼다.

그리고 그렇게 사라져 가는 비설의 모습을 어둠 속에 숨어 은밀하게 감시하는 자가 한 명 있었다. 그자는 계속해서 비설을 감시하다 그녀의 모습이 보이지 않는 걸 확인하고는 급히 몸을 돌렸다.

휙휙!

순식간에 날아오른 그자의 몸이 마치 고양이처럼 날렵하게 나무를 타고 움직였다.

몇 번의 도약만으로 엄청난 거리를 이동한 그자가 도착한 곳.

그곳은 나무로 둘러싸여 있어 쉽사리 시야에 드러나지 않는 은밀한 장소였다.

나무에 둘러싸인 공터에는 이미 서른 명이 넘는 무인들이 자리하고 있었다.

그들은 모두 평범하지 않은 인상을 하고 있었다.

대부분이 무척이나 우락부락한 근육질의 사내들이었고, 몸에는 오래된 상처의 흔적들이 가득하다. 그리고 그런 그들의 옆에는 놀랍게도 십여 마리가 넘는 맹수들이 자리하고 있었다.

늑대와 호랑이, 그리고 독수리들 같이 흉포한 맹수들이

얌전하게 명을 기다렸다.

이토록 사나운 맹수들을 다룰 수 있는 건 남만야수궁의 무인들뿐이다. 그리고 이들이 바로 혁련휘를 죽이기 위해 움직인 혈사자들이었다.

남만에서 출발했던 그들이 이곳 지척까지 다다라 있었던 것이다.

달려온 사내가 자신이 본 것을 그대로 전했다.

"저희가 보낸 서찰에 속아 그 비설이라는 자가 움직였습니다."

그의 말에 호랑이에 기대어 누워 있던 사내 하나가 슬그머니 상반신을 일으켜 세웠다. 우락부락해 보이는 사내들 중 거의 유일하다시피 호리호리한 몸매를 지닌 인물이다.

그렇지만 여기 있는 그 누구보다도 섬뜩한 눈동자를 지닌 인물.

혈사자를 이끄는 수장인 시지앙(施志昂)이다.

시지앙은 기대고 있는 호랑이의 목덜미를 어루만지며 말했다.

"그래? 그렇다면 지금 그 안에는 다쳐서 제구실도 못 하는 교주와, 군룡회의 회주라는 놈 하나만 남은 건가?"

"예, 지금이 치기에 가장 적기입니다."

무공 실력은 저 안에 있는 자들 중 가장 떨어질지 모르지만 부의민 또한 새외 세력들에겐 죽여야 할 살생부 가장 윗 줄에 오른 자다.

군룡회라는 회를 이끌고 변방의 싸움을 총괄하는 것이 바로 그였으니까.

혁련휘와 군룡회의 회주인 부의민까지 죽일 수 있는 기회.

남만야수궁의 입장으로서는 일거양득이다.

시지앙이 호랑이에게서 몸을 떼고는 천천히 자리에서 일어났다.

그가 사나운 눈빛을 한 채로 걸음을 옮겼다.

"가자, 죽이러."

그리고 그런 시지앙의 뒤편으로 서른 명이 넘는 혈사자들과 먹잇감을 찾아 헤매는 성난 맹수들이 뒤따르기 시작했다.

혈사자들은 빠르게 움직였다.

혹시 교주 쪽에서 알아채고 도망친다면 일이 귀찮아질 수도 있었기에 장원 인근에 이르러서 그들은 잠시 기회를 엿봤다.

혈사자의 수장 시지앙이 몸을 낮춘 채로 장원을 바라보다가 수상쩍은 움직임이 느껴지지 않자 곧바로 주먹을 하늘로 들어 올렸다.

그리고 그걸 신호로 혈사자들이 빠르게 치고 들어갔다.

쉬쉬쉭!

순식간에 담장을 뛰어넘은 혈사자들, 그리고 그런 그들을 맹수들 또한 뒤따랐다.

사람보다 훨씬 커다란 덩치의 호랑이가 단번에 담장을 뛰어넘어 착지하는 모습은 절로 위압감을 뿜어 댔다.

그리고 그런 호랑이들의 뒤편으로 늑대들도 모습을 드러냈다.

동시에 하늘로 솟구쳐 오른 독수리들은 언제라도 명령에 따라 움직일 것처럼 기회를 엿봤다.

여태까지는 최대한 기척을 감추고 움직였지만 장원 내부로 들어서는 순간부터 그럴 필요가 사라졌다. 시지앙은 당당하게 가슴을 편 채로 성큼 앞장서서 걷기 시작했다.

그 뒤편으로 서른 명이 넘는 혈사자들과 맹수들이 뒤따르며 낮은 울음소리를 토해 냈다.

"그르르릉!"

걸어가는 그들의 시야에 들어온 건 툇마루에 앉아 있는 부의민이었다. 그리고 부의민 또한 기척을 느껴서인지 다가오는 이들을 향해 시선을 돌렸다.

부의민은 그 기괴한 모습에 짧은 비명을 토해 냈다.

"흐익! 이거 웬 호랑이야?"

놀라긴 했지만 그 반응이 생각보다 미적지근하다. 갑작스럽게 기습을 한 상황, 그리고 행색만 보아도 자신들이 남만야수궁의 무인들이라는 걸 알 것이다.

그리고 이런 임무에 투입되었으니만큼 그 실력이 얼마나 뛰어날지도 가늠할 수 있을 터.

당연히 깜짝 놀라서 어쩔 줄 몰라 해야 정상이었다.

아니면 당장이라도 교주를 데리고 도망치기 위해 움직였어야 한다.

그런데…… 눈앞에 있는 이 사내는 그 어느 쪽도 아니었다.

마치 남의 집 불구경이라도 하는 것처럼 신기하다는 듯 자신들을 바라만 보고 있을 뿐이다.

시지앙이 걸음을 멈췄다.

"그대가 군룡회의 회주인가."

"맞아. 내가 그곳의 회주인 부의민이다."

당당하게 대답하는 부의민은 여전히 툇마루에 기대어 앉은 채로 자신들을 구경만 하고 있었다.

그런 그의 모습에 이해가 안 간다는 듯 시지앙이 말했다.

"멍청한 건가 아니면 벌써 포기한 건가? 지금 이 상황이 이해가 안 가는 것 같은데."

"이해가 안 가긴 왜 안 가. 맹수들을 이끌고 다니는 꼬락서니를 보아하니 남만야수궁일 테고, 여기에 온 걸로 추측하자면 아마도 교주님을 죽이러 온 거겠지."

"……정확해. 그런데도 불구하고 그 여유는 대체 뭐지?"

시지앙의 질문에 부의민이 픽 비웃음을 흘리며 툇마루에서 몸을 일으켜 세웠다.

그가 구겨진 엉덩이 부분의 옷을 탁탁 털고는 이내 짧게 대답했다.

"왜긴. 올 줄 알았으니 별로 안 놀라지."

"뭐?"

"귓구멍이 막혔어? 여기 들이닥칠 놈들이 설마 남만야수궁 놈들일 거라고는 예상 못 했지만 누군가 올 거라는 건 이미 알고 있었다고."

부의민의 말에 시지앙이 표정을 굳혔다.

설마 자신들이 올 걸 미리 알고 있었다고는 생각조차 하지 못했다.

그리고 생각이 거기에 미치는 그 순간 퍼뜩 떠오른 의문 하나.

사라진 여인, 비설의 존재다.

'설마……!'

그리고 그런 시지앙의 의문에 대답이라도 하려는 듯이

지붕 위편에서 여인의 목소리가 흘러나왔다.

"봐요, 아저씨. 제 말 맞죠?"

밝은 목소리와 함께 지붕 너머에서 모습을 드러낸 건 방금 전 서찰을 받고 장원을 떠났던 비설이었다. 분명 떠났어야 할 그녀가 이곳에 있었다.

그녀가 지붕 위에서 몸을 날려 가볍게 바닥에 착지했다.

비설이 아까 건네받았던 서찰을 바닥에 휙 하니 던지며 말했다.

"속이려면 제대로 속이셔야죠. 저희 쪽 사람들이 저한테 연락할 때 비설이라고 쓰지 않거든요."

별생각이 없었다면 그냥 모르고 지나쳐 갔을 수도 있는 자그마한 부분이었다. 그렇지만 비설은 그러한 것조차 놓치지 않았다.

자신에게 날아온 서찰에 비설이라는 이름이 거론 된 걸 보자 그녀는 단번에 의심을 가졌다. 북천회에서 자신을 지칭할 때는 그녀의 이름이 아닌 영(靈)이라는 호칭으로 불렀으니까.

그랬기에 비설은 이 서찰이 자신을 꾀어내기 위한 가짜일지도 모른다고 판단했다.

그녀는 곧바로 그 자리에서 부의민에게 전음을 날려 이 같은 사실을 알렸고, 오히려 자신들을 노리는 자들이 모습을 드러내게끔 속는 시늉을 한 것이다.

자신들이 속았다는 사실도 까맣게 모른 혈사자들은 비설의 함정에 빠져 스스로가 모습을 드러내는 실수를 범하고야 말았다.

시지앙은 화가 났는지 얼굴이 붉게 물들었다.

손바닥 위에서 놀아난 기분이 썩 좋지는 않았다.

그렇지만 결국 그가 고개를 끄덕이며 말을 받았다.

"……좋아, 한 방 먹은 건 인정하지. 허나 지금 너희의 이 선택이 정답이라 생각하느냐?"

계획이 틀어진 건 사실이지만 목표가 사라진 것도 아니다.

비설이라는 고수 하나가 더 싸움에 개입되었지만 그뿐이다.

이왕 일이 이렇게 된 거 모두 죽이면 그만.

자신들이 누구인가?

남만야수궁의 최정예 무인들인 혈사자들이다. 그런 자신들이 마주하고 있는 저 둘 정도를 제압하지 못할 거라는 생각은 전혀 들지 않았다.

시지앙이 말했다.

"착각하나 본데 네가 여기 있다 한들 그저 이 녀석들의 먹잇감이 하나 더 생긴 것뿐이야. 멍청하긴, 차라리 도망이라도 쳤다면 목숨 하나 부지할 순 있었을 텐데 말이지."

"과연 어떻게 될지는 두고 봐야겠죠?"

여유 넘치는 말과 함께 비설이 자미쌍검을 꺼내어 들었다.

그리고 마찬가지로 툇마루에 서 있던 부의민 또한 자신의 검을 뽑았다.

그런 둘을 노려보던 시지앙이 소리쳤다.

"공격해!"

그의 명령이 떨어지기 무섭게 뒤편에 자리하고 있던 호랑이와 늑대들이 동시에 도약했다.

"크아아앙!"

호랑이의 울부짖음, 그리고 동시에 쫙 벌려진 입에서는 사람을 갈가리 찢어 버릴 정도의 날카로운 이가 모습을 드러냈다.

사람들이 호랑이를 괜히 맹수의 왕이라 칭하는 게 아니다.

풍겨져 나오는 위압감만으로 사람의 오금을 저리게 만드는 힘이 있기 때문이다.

훈련받은 호랑이가 단번에 날아드는 그 순간이었다.

비설은 검이 아닌 주먹을 쥔 채로 아래쪽으로 파고들었다. 그녀의 손이 재빠르게 호랑이의 복부를 올려 쳤다.

퍼엉!

날아들던 호랑이는 그 소리와 함께 허공으로 떠오르는 듯싶더니 이내 바닥에 시원스럽게 널브러졌다. 그리고 이어서 공격해 들어오는 늑대들을 재빠르게 부의민이 제압했다.

쉭쉭!

검이 빠르게 늑대들의 숨통을 끊었다.

일격에 하나씩 나자빠지는 늑대들을 뒤로한 채로 하늘에서 매서운 속도로 독수리들이 떨어져 내렸다. 그들은 날카로운 발톱으로 비설과 부의민의 살점을 잡아 뜯으려 했다.

그렇지만 아쉽게도 독수리들의 상대는 그들보다 더욱 민첩한 존재였다.

"끼이이익!"

갑자기 들려온 울음소리, 그리고 동시에 독수리들의 머리 위로 검은 바람이 휘몰아쳤다.

흑풍이었다.

두 사람을 공격하려던 십여 마리에 달하는 독수리들의 날개를 흑풍의 날카로운 발톱이 찢어발겼다.

일반적으로 독수리와 매는 덩치에서 상대가 되지 않았다.

독수리가 매에 비해 몇 배는 컸고, 당연히 부리나 발톱 또한 그러했다.

그렇지만 흑풍은 보통의 매가 아니었다.

사람의 말을 알아듣는 영물이자, 보통의 강철보다도 단단한 발톱과 부리를 지녔다.

허공에서 한 마리의 매와 십여 마리의 독수리가 뒤엉켰고, 순식간에 공중을 지배한 것은 흑풍이었다.

흑풍은 모든 독수리들을 바닥으로 떨어트린 후에 다시금 유유자적하니 허공에서 원을 수놓으며 빙글빙글 돌았다.

시지앙은 순식간에 독수리들을 모두 떨어트린 흑풍의 존재에 당황했다.

'저, 저건 뭐야?'

남만에서 수많은 동물들을 겪어 봤지만 저런 매를 본 적이 없다.

저토록 민첩하게 날아서 자신보다 훨씬 커다란 독수리 십여 마리를 단번에 바닥으로 곤두박질치게 하다니……

흡사 사람으로 치자면 무인과 일반인의 싸움을 연상케 할 정도의 차이다.

잠시 당황하긴 했지만 시지앙은 재빠르게 정신을 차렸다.

"뭣들 해? 빨리 저놈들을 죽여!"

일차적인 공격을 가볍게 받아 내긴 했지만 중요한 건 아직 자신들은 개입조차 하지 않았다는 거다. 그리고 시지앙의 명령대로 혈사자들이 빠르게 두 사람을 향해 달려들었다.

그리고 그런 그들과 함께 호랑이와 늑대들 또한 움직였다.

부웅!

날아드는 호랑이의 앞발이 부의민의 근처를 휙 하고 지나쳐 갔다.

발에서 밀려 나오는 풍압만으로도 몸이 비틀거릴 정도의 힘이 느껴졌다.

순간적으로 균형이 무너지긴 했지만 그 와중에서도 부의민의 눈은 자신에게 날아드는 검을 좇고 있었다.

차앙!

검을 받아 낸 부의민은 곧바로 발로 상대를 밀쳐 냄과 동시에 이를 들이밀며 날아드는 늑대를 막아 냈다.

검을 세워 이빨 사이로 끼워 넣은 부의민이 내공을 쏟아 냈다.

좌악!

늑대를 반으로 가른 그 즉시 부의민의 검이 혈사자 한 명을 향해 치고 들어갔다.

부의민은 순식간에 자신을 에워싸며 펼쳐 대는 혈사자의

공격에 밀리지 않고 모조리 받아 내기 시작했다.

그 숫자가 많기에 공세로까지 바꾸기는 힘들었지만 압도적인 머릿수에 비해 부의민은 침착하니 잘 버텨 내고 있었다.

남만의 최정예들이라는 말이 어울리게 이들은 무척이나 뛰어난 무인들이었다. 그런데 그런 자신들이 얼마 전까지만 해도 이름조차 알려지지 않았던 무인 하나 어쩌지 못할 줄이야…… 자존심 상할 일이 아닐 수 없었다.

그렇지만 오히려 부의민 쪽은 나았다.

비설에게 붙은 쪽은 오히려 밀리고 있었으니까.

호랑이 두 마리를 단번에 주먹으로 때려눕힌 비설은 그 여세를 몰아 혈사자들을 휩쓸고 있었다. 그녀의 손에 들린 자미쌍검이 미친 듯이 휘몰아쳤고, 오히려 혈사자들은 그 공격을 받아 내기 급급했다.

파파파팡!

생각보다 너무도 강한 두 사람의 모습에 시지앙은 재빠르게 머리를 굴렸다.

'최악의 경우 승부를 내지 못할 수도 있다.'

저 둘을 죽이지 못한 건 상관없다.

그렇지만 단 한 명, 혁련휘만은 다르다.

그를 죽이기 위해 이곳까지 왔고, 환자인 그조차 죽이지 못하고 돌아간다면 자신들의 면이 서지 않을 것이다.

시지앙은 우선적으로 처리해야 할 일을 먼저 하기로 결단을 내렸다.

자신들이 해야 할 최우선 순위.

바로 교주의 제거다.

그가 싸움에 끼어들어 있던 수하들 중 세 명에게 급히 전음을 날렸다.

『교주의 목부터 취한다. 날 따라 움직여.』

명을 내린 시지앙은 길게 숨을 내쉬고는 이내 재빠르게 발을 움직였다.

이미 기척을 통해 혁련휘가 어디에 있는지 가늠하고 있던 상황이다.

시지앙이 움직이자 미리 전음을 건네받았던 세 명의 무인들 또한 민첩하게 방향을 바꾸며 움직였다.

그들이 향한 곳은 혁련휘가 운기조식을 취하고 있는 연무장이었다.

연무장과의 거리를 단번에 좁힌 시지앙은 막고 있는 문을 거칠게 걷어찼다.

콰앙!

나무로 된 문이 박살이 나며 터져 나갔고, 이내 네 사람이 연무장 안으로 뛰어들어 왔다.

늦은 밤, 연무장은 달빛 한 점 들지 않는 어둠에 감싸여 있었다.

안으로 뛰어들어 온 시지앙이 반대편에 가부좌를 틀고 있는 혁련휘를 발견하고는 버럭 소리쳤다.

"저기 교주다! 저놈을 죽⋯⋯."

죽이라는 말이 목구멍을 막 넘어서려는 그 순간이었다.

가부좌를 틀고 있던 혁련휘의 눈이 번쩍 떠졌다. 그 순간 터져 나온 안광을 정면에서 마주한 시지앙은 자신도 모르게 딱딱하게 굳어 버렸다.

차가운 눈동자. 그렇지만 그 안에 담겨져 있는 끝을 가늠할 수 없는 힘까지.

동시에 몸 주변으로 퍼져 나오는 기운이 연무장을 가득 채워 가고 있었다.

시지앙은 당황할 수밖에 없었다.

엄청난 부상을 입었다 들었다.

그런데 지금의 모습을 보아하니 그 모든 말들을 믿을 수 없게 되었다.

지금의 혁련휘의 모습은 남만야수궁에 몸담으며 보아 왔던 그 어떠한 야수와 마주했을 때보다 더욱 두려웠으니까.

소름이 오싹 돋는다.

움직일 수 없었고, 식은땀이 줄줄 쏟아져 나왔다.

시지앙이 믿을 수 없었는지 더듬거렸다.

"화, 환자나 다름없다고 들었는데……."

"늦었어."

혁련휘가 천천히 가부좌를 풀고 자리에서 일어났다. 그러고는 자신을 노리고 연무장 안으로 뛰어든 네 명을 노려보며 말을 이었다.

"지금 막 내 몸 상태가 최상으로 돌아왔거든."

7장. 가능성

— 데리고 와

　자리에서 일어난 혁련휘는 가볍게 몸을 움직였다.

　무려 오 일이나 가부좌를 튼 채로 소림의 소환단을 녹여 내는 데 모든 신경을 쏟아부었다. 그 기간 동안 손가락 하나 까딱하지 않은 탓에 뼈마디가 비명을 질러도 이상할 게 없었지만…….

　오 일이라는 긴 시간 동안 미동도 않던 몸이라고는 믿어지지 않을 정도로 상쾌하다. 그리고 몸 안에서 들끓는 내력이 당장이라도 쏟아져 나오고 싶다는 듯 꿈틀댄다.

　완벽하게 회복된 것으로 모자라 비설에게서 건네받은 소환단의 내공까지 스며들자 오히려 예전보다 더 온몸에 힘이 넘치는 기분이다.

혁련휘는 눈앞에 있는 남만야수궁의 무인들을 응시했다.

이들이 올 것이라는 사실은 이미 혁련휘 또한 알고 있었다.

이곳을 떠나는 척 연기를 했던 비설이 잠시 연무장에 들러 이 같은 사실을 말해 줬기 때문이다.

운공을 하고 있는 상황이기는 했지만 이미 끝자락에 들어설 무렵이었기에 전음을 통해 그녀에게 자신의 상황 또한 전달했던 혁련휘다.

사실 남만야수궁의 혈사자들 몇몇이 이곳 혁련휘의 연무장까지 올 수 있었던 것 자체가 비설이 일부러 보내 줬기에 가능한 일이었다.

그녀가 마음만 먹었다면 이들은 그곳에서 혁련휘가 있는 이곳 연무장까지 오는 것 자체가 불가능했을 테니까.

그러한 사실도 모른 채로 이들을 이끌고 나타난 시지앙이 힘겹게 소리쳤다.

"머, 멀쩡해 보이지만 놈은 얼마 전까지 사경을 헤맸던 자다! 겁먹지들 마라!"

애써 용기를 쥐어짜며 소리치는 그를 향해 혁련휘가 태연히 말했다.

"그러는 그쪽이 가장 겁을 먹은 것 같은데?"

혁련휘를 죽이기 위해 이곳 연무장으로 달려온 네 명 중 가장 강한 자는 시지앙이었다. 그랬기에 오히려 혁련휘의 위험함을 가장 절절히 느낄 수 있는 것 또한 그였다.

그의 기운을 정면으로 느끼고 있으니 위축되는 건 당연했다.

바짝 긴장을 한 채로 시지앙이 검을 뽑아 들었다.

차앙!

더는 이야기를 나눌 이유도, 여유도 없다.

'죽여야 한다.'

이유는 모르겠지만 혁련휘의 상태가 너무나 멀쩡해 보인다.

그렇지만 그건 오로지 자신의 감일 뿐이다. 무인으로서의 감은 분명 무시할 수 없었지만…… 그렇다고 지금 그 감을 믿는다 해서 변하는 건 아무런 것도 없었다.

도망치기엔 너무 깊이 들어와 버렸으니까.

오히려 일말의 희망에 걸어야 할 때인 것이다.

멀쩡해 보이는 겉모습이 거짓이기를 바라면서 시지앙이 달려들었다.

파악.

성난 호랑이처럼 땅을 박차며 달려드는 그의 주변으로 매서운 바람이 휘몰아쳤다.

시지앙의 손에 들린 검에서 복호칠검(伏虎七劍)이 쏟아져 나왔다.

쉭쉭!

엎드린 호랑이의 자세를 연상케 한다 하여 붙여진 복호 칠검은 이름에서 말하다시피 일곱 개의 초식으로 이루어졌다.

한 번 한 번이 빠르면서도 강맹한 찌르기로 구성되어 있는 초식.

사혈을 동시에 찌르고 들어가는 공격이 무척이나 잔인해서 실전에서만 사용하는 무공이다. 반드시 상대를 죽이겠다는 필살의 의지가 담긴 절초.

동시에 일곱 군데를 찌르고 들어오는 시지앙의 검은 날카로웠다.

그리고 그는 남만야수궁에서도 다섯 손가락 안에 드는 고수였다.

멀쩡해 보이는 혁련휘의 모습을 목도했음에도 불구하고 이토록 정면 돌파를 선택한다는 것 자체가 자신의 실력에 대한 자신이 있었기에 가능한 일이다.

눈으로 좇기도 힘들 정도의 빠른 찌르기.

그 순간 혁련휘가 상체를 옆으로 비틀며 허리춤에 있던 파멸혼의 손잡이에 손을 가져다 댔다.

파앗!

뻗어져 나온 파멸혼의 도신에 담긴 뇌기가 갑자기 주변을 휩쓸었다.

파츠츠!

찔러 들어가던 일곱 개의 환영이 혁련휘의 파멸혼에 막히며 그대로 모든 것이 무(無)로 돌아갔다. 그리고 혁련휘의 공격은 그게 끝이 아니었다.

사방으로 날뛰기 시작한 뇌기가 달려들어 오던 시지앙의 볼을 스치고 지나갔다.

피잇.

터져 나오는 핏줄기.

시지앙이 놀란 듯 걸음을 멈추고는 자신의 손으로 볼을 어루만졌다.

진득한 핏줄기가 손가락을 적셨다.

'……이건 뭐야?'

새로이 교주에 오른 혁련휘의 무공은 세상의 모든 무학이 모여 있다는 마교 내에서도 특이하다고 알려져 있다.

그리고 그 무공을 직접 눈으로 본 시지앙은 자신의 눈을 의심할 수밖에 없었다.

뇌기가 뿜어져 나오는 것과 동시에 주변의 모든 것들이 무너져 내렸다.

가벼운 한 번의 움직임만으로 연무장 바닥의 모든 돌들이 지진이라도 난 것처럼 어그러져 버린 것이다.

세상에 이런 무공이 있다니.

그리고…….

쿠웅. 쿵.

들려오는 소리에 시지앙은 입술을 꽉 깨물었다.

굳이 뒤를 확인할 필요도 없었으니까.

자신이 대동하고 온 세 명의 수하들. 그들의 숨소리가 들리지 않는다.

단 일격이었다.

그 일격에 혈사자 세 명이 죽었고, 자신도 가까스로 치명상을 피했다.

만약 자신이 한 걸음만 더 나아갔더라면 지금 자신의 볼이 아닌 목에서 피가 터져 나오고 있었을 것이다.

간신히 붙어 있는 목숨.

그렇지만 좋아할 수가 없었다.

지금 이 목숨이 얼마나 쉽사리 사라질 수 있을지를 여실히 느꼈으니까.

시지앙이 정면에 서 있는 혁련휘를 마른침을 삼킨 채로 응시할 때였다. 그가 파멸혼을 든 손을 가볍게 풀며 입을 열었다.

"네 실수가 뭔지 아느냐?"

"……?"

의아하다는 듯 바라보던 시지앙은 다가오는 혁련휘를 향해 황급히 검을 휘둘렀다.

쉬잇!

그렇지만 검은 애꿎은 허공만을 갈랐다.

그리고 그 순간 정면이 아닌 뒤편에서 혁련휘의 목소리가 이어졌다.

"정말로 날 죽일 생각이었다면 남만야수궁 전부가 왔어야지."

놀란 시지앙이 황급히 고개를 돌리려는 그때였다.

터억.

뒤편에서 나타난 혁련휘가 이미 그의 어깨를 강하게 움켜잡았다.

놀란 듯 뻣뻣하게 굳은 시지앙을 향해 혁련휘가 말을 이었다.

"……마교 교주의 목숨값은 생각보다 비싸거든."

바깥에서 싸움을 벌이던 비설과 부의민은 순식간에 싸움을 끝내고 혁련휘가 있는 연무장으로 들어섰다. 그렇지만 바깥과 마찬가지로 연무장 내부의 싸움도 이미 끝이 나 있는 상황이었다.

쓰러져 있는 남만야수궁 무인들 사이에 자리하고 있는 혁련휘를 발견한 비설이 빠르게 다가왔다.

"형님, 벌써 끝내신 거예요?"

예상보다 더욱 빨리 정리가 끝났다 여겼는지 비설이 눈을 동그랗게 뜨고 물었다. 그런 그녀의 질문에 혁련휘가 고개를 끄덕였다.

그를 향해 부의민이 말했다.

"혼자 몇 명 정도 맡으신다기에 걱정 좀 했는데…… 정말 다 회복되신 모양입니다."

"소환단이라는 거 생각보다 효과가 좋군."

회복을 넘어서 오히려 한결 더 나아진 몸 상태가 마음에 드는지 혁련휘는 주먹을 쥐었다 폈다를 반복했다.

혁련휘의 모습을 보며 부의민이 입맛을 다셨다.

그러고는 이내 비설을 향해 채근하듯 말했다.

"야, 정말로 남은 거 좀 없냐?"

"에이, 그런 좋은 게 있으면 제가 먹지 아저씨 드리겠어요?"

장난스럽게 말하는 비설의 모습을 보며 부의민이 연무장 천장을 올려다보면서 깊은 한숨을 내쉬었다.

"하아, 우린 땐 콩 한 쪽도 나눠 먹고 그랬는데 말이야.

하여튼 요즘 것들은 제 입만 알아요."

투덜거리는 부의민을 뒤로한 채로 비설이 혁련휘에게 물었다.

"그나저나 형님 앞으로의 계획에 대해 생각해 두신 것 있으세요?"

가장 급했던 회복은 완료된 상황.

그렇지만 그렇다고 해서 모든 게 해결된 건 아니다. 몸이 나아졌으니 이제부터는 그동안 애써 외면하던 중대한 일과 마주해야만 한다.

신도율, 그가 장악한 마교를 돌려받아야 하는 일이다.

문제는 지금 혁련휘에게는 그럴 힘이 없다는 것이다. 그리고 시간 또한 혁련휘의 편이 아니었다.

생각해 둔 게 있냐는 비설의 질문에 혁련휘는 잠시 침묵했다.

지금 상황에 대해서는 이곳에 오기 직전 들렀던 백옥의 막사에서 최대한 전해 들은 상황이다.

그랬기에 잘 알고 있다.

새외를 막고 있는 병력들은 예상대로 움직일 수 없고, 중원 곳곳을 지키고 있는 이들 또한 각 지역에서 봉기한 신도율과 손잡은 여러 세력들에 의해 발목이 잡혀 있는 상황이다.

그런 상황에 마교 본성을 수복하기 위해 병력을 뺀다는 건 곧 적들에게 자신들의 숨통을 내주는 것과 다를 게 없다.

누가 봐도 타개책이 없는 상황.

그렇지만…….

혁련휘가 입을 열었다.

"가능성은 희박하지만 생각해 둔 게 하나 있어."

"정말입니까?"

부의민이 놀란 듯 되물었다.

사실 혁련휘를 계속해서 돕고 있지만 지금 상황을 해결할 방책이 있을 거라 여기진 않았다.

당연하다.

혁련휘를 도울 수 있는 이들은 모두 발이 묶였고, 적들로 인해 앞뒤로 포위된 것과 다를 바도 없다. 그런 지금 하늘에서 새로운 아군이 뚝 떨어지지 않는 이상 뭔가 비책이 나오기는 힘든 상황이다.

되묻는 부의민을 향해 혁련휘가 짧게 말을 받았다.

"아직은 아는 게 많지 않아서 확실하게는 말해 주기 어려워. 조금 더 알아봐야 이 계획의 가능성이 일 할이라도 있는지 판단할 수 있을 거야."

"그것만 해도 어딥니까."

대답을 하는 부의민의 목소리는 슬쩍 들떠 있었다.

딱히 희망이 없다 생각하던 차에 뭔지는 몰라도 기대어 볼 만한 무엇인가가 있다는 사실을 알자 한결 마음이 편안해진 모양이다.

대화를 마친 세 사람은 시신이 있는 연무장에 계속 자리하고 있기가 뭐했는지 곧바로 바깥으로 이동했다. 그러고는 툇마루에 앉은 채로 환야를 기다리기 위해 잠시 시간을 보내고 있을 무렵이었다.

셋이 기다리고 있던 환야가 입구를 통해 모습을 드러냈다.

장원 내부로 걸어 들어온 그가 주변에 쓰러져 있는 시신들을 둘러보며 혀를 내둘렀다.

"이게 뭔 난리랍니까?"

시신들을 피해서 다가오던 환야가 이내 죽어 있는 맹수들을 발견하고는 곧바로 이들의 정체를 가늠해 냈다.

"남만야수궁이네. 이놈들 대장을 노리고 왔나 봅니다?"

단번에 그들의 목적을 파악해 낸 환야가 중얼거릴 때였다.

툇마루에 앉아 있던 혁련휘가 입을 열었다.

"아무래도 누군가 우리가 여기 있다는 정보를 흘린 모양이야."

"흐음, 백옥에 있던 놈들 중에 첩자가 있나 보군요."

굳이 조사를 해 보지 않아도 알 수 있었다. 지금 이 시기에 남만야수궁의 무인들이 이곳까지 왔다는 건 며칠 전에 자신들이 이곳에 올 거라는 걸 알았어야만 가능한 일이다.

그 말은 곧 자신들이 모습을 드러낸 백옥 지역에 있던 누군가가 정보를 흘렸다는 말이 된다.

"그중에 내가 살아 있는 게 탐탁지 않은 놈이 있는 거지."

혁련휘가 무덤덤하니 환야의 말을 받았다.

자신의 수하들 중 누군가가 이번 암살 의뢰에 개입되었다는 사실을 알았지만 혁련휘는 크게 동요하지 않았다.

어느 정도 예상했었던 일이기도 했으니까.

그리고 지금 그에겐 남만야수궁의 무인들에게 목숨을 위협받았던 것보다 더욱 중요한 일이 있었다.

혁련휘가 물었다.

"갔던 일은?"

"아, 의뢰했던 것에 대한 대답은 들었습니다. 말씀하셨던 것처럼 그들이 아직까지 신도율과 뭔가를 한 흔적은 보이지 않는답니다. 조금 더 자세히 알아내기 위해서는 시간이 필요하다 해서 최대한 빠르게 알아봐 달라고 부탁은 해 뒀습니다."

"잘했어."

알 수 없는 말을 나누는 두 사람을 비설과 부의민은 말없이 바라보고 있었다.

아마도 지금 나누는 저 대화가 아까 혁련휘가 말했던 그 가능성과 관련이 있는 뭔가라는 어렴풋한 추측만 할 뿐이다.

혁련휘가 자리에서 일어나며 말했다.

"제대로 된 정보가 올 때까지 백옥으로 돌아가 있지. 나한테 보낸 선물에 대한 보답도 해야 할 것 같고."

남만야수궁 무인들의 시신을 바라보며 혁련휘가 의미심장한 말을 던졌다.

이런 선물을 받고 그냥 넘어갈 그가 아니었다.

그런 혁련휘의 말에 고개를 끄덕이며 비설과 부의민 또한 자리에서 일어났다.

몸을 완벽히 회복한 이상 굳이 이곳에서 몸을 감추고 있을 이유가 사라졌다.

보다 빠르게 백옥 지역으로 이동하여 앞으로의 일을 도모해야 하는 상황.

말을 마치고 장원을 빠져나가기 위해 걸음을 옮기는 혁련휘의 뒤편에 서 있던 환야가 다급히 그를 불러 세웠다.

"저…… 대장."

"왜?"

"음, 그게……."

고개를 돌린 채로 되묻는 혁련휘를 바라보며 환야가 자신의 콧잔등을 손가락으로 긁으며 어물거리고 있을 때였다.

혁련휘가 입을 열었다.

"다녀와."

"……예?"

갑작스러운 혁련휘의 말에 환야가 당황한 얼굴로 그를 바라봤다.

아무런 말도 하지 않았거늘 혁련휘는 이미 환야의 생각을 알고 있었던 모양이다.

혁련휘가 자신을 멍하니 바라보는 환야를 향해 말했다.

"달치 녀석의 시신이라도 찾고 싶은 거잖아. 아니야?"

"……맞습니다."

환야는 힘겹게 고개를 끄덕였다.

지금이 혁련휘에게 무척이나 중요한 시기라는 건 안다.

그랬기에 가능하면 떠나지 않으려 했고, 또 지금까지도 계속해서 옆에서 잡일을 도맡아 하면서 그런 자신의 소임을 다했다.

그렇지만 백옥으로 돌아가게 되면 한동안 자신이 해야

할 일이라고는 비파월과의 접선밖에 없다. 그리고 그 일은 부의민도 충분히 대신할 수 있었다.

아주 조금의 여유, 그리고 그 시간 동안 환야는 달치의 시신을 찾고 싶었다.

절벽 아래로 떨어졌고, 물을 타고 흘러내려 갔을 테니 아마 시신을 찾는 건 불가능할 것이다.

시간도 이미 이렇게 오래 지났으니 운 좋게 물가로 나왔다고 해도 들짐승의 먹이가 됐거나, 이미 썩어 형체도 알아볼 수 없을 게다.

그건 알지만 그래도 환야는 찾고 싶었다.

달치의 뼈 한 조각이라도, 그의 옷 조각이라도 좋다.

그 무엇 하나라도 있어야 녀석의 무덤 하나라도 세워 줄 것 아닌가.

달치와 관련된 그 무엇 하나 없는 빈 무덤을 만들고 싶지는 않았다.

환야가 고개를 숙인 채로 자그맣게 말했다.

"죄송합니다, 대장. 이럴 때 옆에 있어 드려야 하는데 그냥 이대로 아무것도 없이 녀석의 무덤을 만들고 싶지는 않아서……."

말하는 말투에서 진한 미안함이 느껴졌기에 혁련휘는 고개를 저으며 그의 어깨에 손을 얹었다.

"괜찮아. 그 녀석에게 빈 무덤을 만들어 주고 싶지 않은 건 나도 마찬가지니까."

혁련휘 또한 환야와 다르지 않았다.

오랫동안 함께한 달치를 그냥 그렇게 죽은 채로 내버려 두고 싶지 않았다.

가는 그 길을 조금이라도 더 편안하게 갈 수 있도록, 그리고 자신들이 그 길을 함께할 수 있고 추억할 수 있도록.

그 춥고 어두운 길을 그저 착하디착한 달치 혼자 가지 않게 하고 싶었다.

환야의 어깨를 두드리며 혁련휘가 짧게 말했다.

"달치, 반드시 데리고 와."

"……네, 대장."

환야가 고개를 끄덕였다.

*　　　*　　　*

천하는 하루가 다르게 바뀌어 갔다.

오랜 시간 천하의 주인이었던 혁무조가 죽었고, 그의 아들인 혁련휘는 실종이 되었다.

그러던 중 마교는 혈뢰주가를 등에 업은 신도율이 장악하였고, 죽은 줄 알았던 혁련휘의 생존 소식도 뒤늦게 알려졌다.

그렇지만 이미 마교 본성은 신도율과 그가 키워 온 세력들에 의해 완전히 손아귀에 들어간 상황이었다.

거기다가 주자악을 필두로 하여 설득을 당한 칠대천들 중 일부가 신도율을 따르기 시작했다. 물론 그 과정에서 적잖은 피가 흐른 건 사실이다.

마교 내부의 혁련휘 측의 칠대천들도, 그리고 끝까지 교주를 따르겠다고 하던 이들 또한 신도율의 칼을 피하지 못했다.

많은 이들이 죽었고, 또 그에 몇 곱절은 되는 숫자의 무인들은 지하 뇌옥에 갇혔다.

물론 따르는 이들 중에서도 적잖이 신도율을 탐탁지 않아 하기도 했다. 그렇지만 당장에 그런 속내를 드러낼 수 있는 상황이 아니었다.

변방에서 새외 세력과 싸우고 있는 마교 무인들의 신세가 어찌 될지 너무도 잘 알았으니까.

거기에 신도율은 천마의 무공을 앞세워 자신이 교주 자리에 오르는 것에 문제가 없음을 증명했다. 뛰어난 무력, 그리고 그를 지지하는 세력과 천마의 후계자라는 정통성까지.

그 모든 걸 등에 업은 신도율은 마침내 교주의 자리에까지 오르는 데 성공했다.

그렇게 마교에 새로운 교주가 탄생한 것이다.

그런데 이토록 좋은 날, 원했던 모든 걸 가졌다는 사실에 기뻐하고 있어야 할 신도율의 표정이 좋지 않았다.

그가 단상 아래에 부복하고 있는 늙은 무인 한 명을 붉어진 얼굴로 내려다보았다. 성난 신도율의 기운을 정면으로 받고 있던 그자는 사시나무 떨듯 부들거리고 있었다.

신도율이 매섭게 그를 노려보며 말했다.

"대체 그게 무슨 소리냐?"

"그, 그것이 저도 잘……"

말을 잇지 못하는 노인을 노려다 보던 신도율이 자리를 박차고 일어났다. 그러고는 곧바로 계단을 걸어 내려와 그자의 무릎 앞에 놓여 있는 네모난 목각에 손을 가져다 댔다.

황금으로 뒤덮인 목각은 한눈에 봐도 특별한 뭔가를 담고 있는 것처럼 보였다. 바깥에 새겨져 있는 용의 문양은 무척이나 정교하여 마치 살아서 꿈틀거리는 것처럼 느껴질 정도였다.

신도율은 손에 들린 목각을 거칠게 열어젖혔다.

덜컥.

목각을 열어젖힌 그의 눈동자가 부릅떠졌다.

목각 내부가 텅 비어 있었던 탓이다.

이 목각은 다름 아닌 교주의 인장을 담아 두는 통이었다.

교주의 인장은 언제나 이 황금빛 목각 안에 보관해야만
했고, 당연히 지금도 이 안에 있어야만 했다.

그런데 그 당연히 있어야 할 것이 지금 보이지 않았다.

교주의 인장은 마교의 모든 대소사들을 처리하는 데 쓰
이는 중대한 물건이다. 그리고 이건 교주 본인을 제외하고
는 그 누구도 직접 건드릴 수 없는 물건이기도 했다.

교주에게 올라오는 그 모든 안건들을 마무리 짓는 데 필
요한 인장, 그것이 사라진 것이다.

신도율이 자신의 발밑에서 머리를 조아리는 노인을 노려
보며 물었다.

"교주의 인장이 사라졌다?"

"주, 죽여 주시옵소서."

"하, 하하하! 그래, 죽어야지. 제 일도 못 한 새끼를 살려
둘 필요는 없으니까."

말을 마친 신도율은 곧바로 발로 노인의 머리를 강하게
밟았다.

땅에 머리가 처박힌 채로 노인은 바동거렸고, 신도율은
발에 조금 더 힘을 주며 말했다.

"인장을 관리해야 할 놈이 이게 사라진지도 몰랐다고?"

"저, 정말입니다. 교주님! 분명 마지막에 인장을 쓰신 것까지 제가 확인하고 돌려받아 비밀 장소에 보관하고 있었사온데……."

"그런데 그게 사라져? 그게 말이나 되느냔 말이야!"

신도율은 머리를 짓누르고 있는 발을 떼고는 곧바로 노인의 옆구리를 발로 마구 걷어찼다.

일격 일격에 실린 내공에 노인은 피를 쏟아 내며 바닥을 나뒹굴었다.

신도율은 기가 차다는 듯 손으로 머리를 쓸어 올렸다.

그러고는 이내 말했다.

"이 인장이 있는 곳을 아는 건 교주와 너뿐이야. 안 그래? 그런데 인장이 사라졌어. 그리고 교주였던 혁련휘는 마교로 돌아오지 못했지. 그럼 범인은 누굴까? 응? 왜? 죽었던 혁무조라도 돌아와서 가져갔다고 말하고 싶은 거야?"

신도율이 이를 부득부득 갈았다.

마교 교주의 인장이 사라졌다는 건 가벼운 일이 아니었다.

수백 년 전 마교가 만들어질 당시부터 사용되어져 왔던 인장으로, 무척이나 특별하게 만들어진 물건이다.

인장을 만드는 데 사용되었던 재료도 구하기가 하늘의 별 따기처럼 어려운 것도 문제지만, 실제로 그 인장을 똑같이 만든다는 건 불가능한 일이었다.

인장을 종이에 찍는 순간 감춰져 있던 용의 형상이 흐릿하게 글자 뒤편에 새겨지는 그 독특한 흔적은 지금도 따라 할 수 없는 신비에 가까운 현상이다.

수많은 인장의 달인들이 비슷하게라도 만들어 보려고 도전했지만 모두가 쓰디쓴 실패의 잔을 마셔야만 했다.

오로지 세상에 단 하나만 존재하는 특별한 인장.

그랬기에 이 인장은 마교 교주의 상징과도 같은 물건이었다.

그런 인장이 사라졌다는 사실에 신도율은 분노가 치밀었다.

마치 자신에겐 마교 교주의 자리에 앉을 자격이 없다는 말을 들은 것만 같아서.

그리고 앞으로 있을 골치 아플 일들을 생각하니 절로 분노가 치밀었다.

신도율은 바닥에 널브러져 있는 노인을 향해 이를 갈며 한 걸음 다가섰다. 그러자 교주전에 함께 자리하고 있던 고경천이 말리고 나섰다.

"진정하시죠. 그까짓 인장 하나 때문에 무슨 일이 생길리가……"

"모르는 소리!"

신도율이 버럭 소리쳤다.

그가 다가온 고경천을 향해 윽박지르듯 말을 이었다.

"내가 완전한 외부인이었다면 마교의 교주가 될 수 있었을까? 아니, 아무리 내가 강하다 해도 그들은 날 마교의 주인으로 받아 주지 않았을 것이다."

신도율은 바닥에 쓰러져 피를 토하던 노인이 힘겹게 몸을 일으켜 세우는 걸 눈으로 바라보며 말을 이어 나갔다.

"내가 교주의 자리에 오를 수 있었던 건 바로 천마의 제자라는 명분이 있기 때문이다. 그리고 인장 또한 마찬가지야. 마교의 주인임을 증명하는 이 인장!"

별거 아닌 것처럼 보여도 명분이라는 게 그렇다.

그들에게 수긍할 수 있는 뭔가를 제시해야만 명분이라는 건 성립한다.

교주에게 대대로 내려져 오던 인장이 사라졌다는 건 어찌 보면 별거 아닌 것으로 여겨질 수 있겠지만 명분을 중히 여기는 이들에겐 충분히 문제가 될 수 있는 사안이다.

당장에야 뭐라고 못 할지라도 결국 그들은 떠들기 시작할 것이다.

자신에겐 교주의 자격이 없다고.

그리고 언젠간 또 이런 말도 나올 것이다.

사라진 인장을 가지고 돌아오는 자가 진정한 마교의 주

인이라는 말도 안 되는 소리가.

신도율은 그 모든 게 싫었다.

그들에게 얕보일 건수가 생겼다는 것도, 그리고 언젠가 그들이 이 일을 문제 삼을 수 있다는 사실도.

그랬기에 인장이 사라졌다는 사실이 표면으로 떠오르기 전에 이 일을 해결하고 싶었다.

조금의 위험 요소조차도 남겨 두고 싶지 않았으니까.

신도율의 서늘한 눈빛에 바짝 긴장하고 있던 노인이 입가에 묻은 피를 닦아 내며 머리를 계속 굴려 댔다.

뭔가를 생각해 내지 못한다면 이곳에서 죽을지도 모른다는 공포가 연신 밀려들었다.

뭐라도 생각해 내기 위해 고심하던 노인이 갑자기 눈을 번쩍 떴다.

그러고는 서둘러 소리쳤다.

"하, 한 명 의심이 가는 자가 있습니다!"

갑작스러운 노인의 외침에 신도율이 휙 하니 고개를 돌리고 그에게 다가와 물었다.

"그게 누구지?"

"무명입니다."

"무명?"

생각지도 못한 이름에 신도율은 미간을 찌푸렸다.

허나 이내 그는 그럴듯하다 여겼는지 고개를 끄덕거렸다.

무명은 교주의 호위 무사다.

언제나 그림자처럼 붙어 다니던 그자라면 교주의 인장이 어디에 감춰져 있는지 알았을 터.

그 사실을 전해 듣고 문득 생각해 보니 혁무조가 죽었던 그 당시 무명의 존재가 보이지 않았다.

언제나 옆자리를 지키는 무명이라는 존재가 교주가 죽는 그 순간 보이지 않았다는 건…… 아마도 다른 무언가를 위해 움직였다는 말이 될 게다.

생각이 거기까지 미치자 신도율은 자신도 모르게 이를 부드득 갈았다.

무명이 홀로 움직였을 리가 없다.

혁무조의 명으로 이곳 마교로 잠입하여 교주의 인장을 갖고 사라졌을 게 분명했다.

'또 네놈이냐? 혁무조! 네가 죽어서까지 날 가로막으려고 하는구나.'

허나…….

신도율은 주먹을 움켜쥔 채로 몸을 돌렸다.

'나는 살았고, 너는 죽었다.'

결국 이 싸움, 살아 있는 자신이 이기게 될 것이다.

원래 승리란 살아 있는 사람의 것이기에.

신도율이 상석에 있는 교주의 의자에 가서 앉은 채로 아래에 있는 노인을 향해 말했다.

"너."

"예, 예?"

여전히 긴장하고 있던 그가 화들짝 놀라며 되물었을 때다.

신도율이 싸늘한 목소리로 말했다.

"무명, 그 새끼 잡아 와."

*   *   *

사천만마대가 자리하고 있는 백옥으로 돌아온 혁련휘가 가장 먼저 한 건 다름 아닌 자신들의 거처로 남만야수궁 무인이 오게끔 만든 자를 색출하는 것이었다.

찾아내는 건 그리 어렵지 않았다.

애초에 그 같은 일을 벌일 만한 자들은 그리 많지 않았고, 혁련휘는 이번 일의 배후를 조사 중이며 조만간 그 범인을 찾을 수 있을 것 같다는 소문을 은연중 그들에게 흘렸다.

가짜 정보에 속은 남만야수궁 사건의 배후인 염봉과 진

조생은 살기 위해 주자악이 있는 마교 본성으로 도망치려 했다.

허나 그들의 도주는 성공하지 못했다.

비밀리에 둘을 감시하던 이들에게 덜미가 잡힌 탓이다.

그렇게 혁련휘를 죽이려 했던 두 사람은 체포됐고, 그 사실을 보고 하기 위해 사천만마대의 대주 강철환이 찾아왔다.

그가 혁련휘의 앞에서 무릎을 꿇으며 예를 갖췄다.

"교주님을 뵙습니다."

"무슨 일이지?"

막사 안에서 비설과 마주 앉아 있던 혁련휘가 그를 바라보며 물었다. 강철환은 여전히 부복한 채로 혁련휘의 질문에 답했다.

"교주님을 노렸던 놈들을 추포하였습니다. 추후 심문을 통해 이번 일에 개입한 다른 이가 없는지 엄밀히 조사하도록 하겠습니다."

"그렇게 해. 아, 그리고 각 지역에 내가 부탁한 연락은 돌렸고?"

"예, 물론입니다. 거리가 있다 보니 시간은 좀 걸리겠지만 확인하는 즉시 이쪽으로 연락을 취하도록 하였습니다."

혁련휘가 강철환을 통해 주변으로 돌린 연락은 다름 아

닌 현재 새외의 병력들과 마주하고 있는 무인들의 총 숫자를 가늠하기 위해서였다.

어느 정도의 숫자인지 알고는 있었지만 그간의 싸움으로 인해 자신이 알던 것과는 달리 변화가 있었을 게 분명했기 때문이다.

물론 연락을 받은 후에도 그 숫자는 계속해서 바뀔 것이다.

새외 세력들과의 싸움은 여기저기서 쉼 없이 이어지고 있었으니까.

확실할 순 없다는 건 알지만 혁련휘는 최대 근사치에 가까운 숫자라도 파악해야 했다.

연락이 오는 대로 정리해서 올리겠다는 말과 함께 강철환이 사라졌고, 혁련휘는 자신의 앞에 놓인 찻잔에 손을 가져다 댔다.

이번 싸움 생각보다 쉽지 않다.

신도율은 이미 모든 마교의 세력들을 염두에 두고 십 년 이상을 준비한 계획에 따라 움직였다.

그 덕분에 혁련휘는 수만이 넘는 병력을 가지고 있음에도 불구하고 그들을 향해 칼조차 겨눌 수 없는 상황이다.

손과 발이 묶여 버린 지금의 상황을 뒤엎기 위해서는 외부의 도움이 필요하다.

혁련휘가 생각해 둔 세력들 중 하나.

그들과 만나기 위해서는 누군가의 도움이 필요했다.

혁련휘가 천천히 입을 열었다.

"비설."

자신을 부르는 목소리에 비설이 눈을 동그랗게 뜨고 그를 바라봤다.

그런 그녀를 향해 혁련휘가 말을 이었다.

"이번에도 네 도움이 필요할 것 같은데."

"뭐든지 말씀만 하세요, 형님."

비설이 기다렸다는 듯 대답하고는 그의 눈을 똑바로 마주 봤다.

그저 목소리만 들었음에도 비설은 알 수 있었다.

지금부터 그가 신도율에 대한 반격을 하기 위해 움직이고자 한다는 사실을.

혁련휘가 마침내 움직이기 시작한 것이다.

그가 말했다.

"북천회의 수장을 만나게 해 줘."

반격의 시작, 그 첫 번째는 바로 북천회였다.

8장. 조력자

― 이게 무슨 짓이지

늦은 밤, 혁련휘가 어딘가로 움직이고 있었다.

비밀리에 움직이는 그의 뒤를 비설과 부의민 또한 뒤쫓았다.

그렇게 세 사람이 향하는 곳은 백옥에서 그리 멀지 않은 곳에 위치한 청강이라는 마을이었다.

사람들이 오가는 길목과는 다소 떨어진 곳이긴 했지만 워낙 경관이 좋은 곳이라 청강을 찾는 이들 또한 적잖이 있었다.

마을 한가운데를 가로지르는 가느다란 물줄기와, 그 위를 연결하는 기다란 다리들.

물 위에는 늦은 밤인데도 불구하고 화려한 빛을 머금고 떠다니는 배들이 가득했다.

그리고 배 위에서는 두런두런 이야기를 나누는 사람부터 해서 왁자지껄 술자리를 벌이는 사람까지 다양했다.

다리와 물가 주변에 달려 있는 화등들이 불어오는 바람에 춤을 추듯 흔들거렸다.

청강에 들어선 세 사람은 마을의 화려함에 연신 주변을 두리번거렸다.

그리 멀지 않은 곳에서는 연신 피비린내 나는 싸움이 벌어지고 있거늘 여기는 마치 다른 세상과도 같은 느낌이 들었다.

부의민이 강 위를 떠다니는 배를 내려다보며 중얼거렸다.

"화려하네."

"원래 뱃놀이로 유명한 마을이라네요."

"하아, 나도 저기서 술이나 한 잔 꺾고 있으면 여한이 없겠네."

아쉽다는 듯 입맛을 다시고는 있지만 그의 눈동자는 연신 주변을 감시하고 있었다. 혹시 모를 적들에 대비하기 위함이다.

시끌벅적한 사람들 사이에 섞인 채로 비설은 연신 주변

을 살폈다.

그런 그녀의 근처에서 팔짱을 낀 채로 걷고 있던 혁련휘가 입을 열었다.

"약속 장소가 어디야?"

"흐음, 분명 이 근처 같은데 말이죠."

비설은 눈에 들어오는 커다란 객잔을 곁눈질하며 중얼거렸다.

천석 객잔으로 오면 자신을 볼 수 있을 거라는 연락을 받고 움직였다.

그런데 그 근처에는 비설이 아는 그 어떠한 얼굴도 보이지 않았다.

그렇게 한참을 천석 객잔 쪽을 비설이 눈으로 확인하던 때였다.

첨벙.

갑자기 들려온 커다란 물소리에 비설을 비롯한 두 사람이 옆으로 고개를 돌렸다.

그 세 사람의 시선이 향한 곳은 물가 근처에 위치한 자그마한 나룻배였다.

아직까지 줄에 매달려 그 자리에 고정되어 있는 나룻배.

그리고 첨벙거리는 그 소리는 바로 그 배에 타고 있던 누군가가 물속에 돌멩이를 던져 넣은 탓에 난 것이었다.

그렇게 시선이 향한 그 나룻배에는 죽립을 쓴 누군가가 자리하고 있었다. 그리고 이내 그는 자신의 얼굴이 보이게끔 천천히 죽립을 뒤로 젖혔다.

모습을 드러낸 건 나이가 많은 노인이었다.

그리고 그 노인을 보는 순간 비설의 표정이 밝아졌다. 그녀가 다리의 난간에 기댄 채로 손을 뒤흔들었다.

"사부!"

환한 미소를 지어 보이는 비설을 향해 마찬가지로 웃음으로 인사를 대신하는 인물.

바로 비설의 스승이자, 이제는 북천회의 수장이 된 도재하였다.

그의 시선이 비설을 지나 이내 혁련휘에게 향했다.

일전에 짧은 만남을 가졌던 두 사람이었기에 서로의 얼굴은 잘 알고 있었다. 도재하가 어서 오라는 듯 세 사람을 향해 손짓했다.

도재하가 있는 곳을 확인한 세 사람은 다리를 지나 아래쪽으로 향하는 계단으로 들어섰다.

그를 처음 보는 부의민이었기에 계단을 내려서며 궁금하다는 듯 물었다.

"네 사부라는 분 보통 인상이 아닌데."

선한 인상, 그렇지만 그 안에서 풍겨져 나오는 쉽사리 흔들리지 않는 강인함을 부의민 또한 느낀 모양이다.

그런 그의 말에 비설이 대꾸했다.

"그럼요. 아 참, 절대 같이 술을 드시면 안 돼요. 술을 무척 좋아하시거든요. 술 권해도 싫다고 잡아떼세요. 한번 시작하면 끝을 보시는 분이거든요."

비설의 경고에 부의민은 알겠다는 듯이 고개를 끄덕였다.

그리고 이내 가까워지는 나룻배의 위에 위치한 도재하를 지근거리에서 보게 된 부의민은 슬쩍 곁눈질로 그를 살폈다.

'비설의 사부라…….'

그녀에 대해 아직도 전부 알지 못하는 부의민이다.

나이에 맞지 않는 엄청난 실력 때문에 내심 궁금한 게 많았지만 그는 단 한 번도 비설의 정체에 대해 캐묻지 않았다.

혁련휘의 명령이 있어서이기도 했지만 비설을 배려하기 위함이기도 했다.

그녀가 먼저 이야기하지 않는 건 캐묻지 않는다.

그건 부의민이나 환야 둘이 암묵적으로 지켜 온 약속이었다.

그러던 차에 만나게 된 비설의 사부를 보자 내심 참아 왔던 궁금증이 고개를 들이미는 느낌이다.

비설이 앞장서서 도재하가 타고 있는 나룻배를 향해 달려갔다.

그녀가 반갑게 인사했다.

"생각보다 빨리 와 주셨네요?"

"아무리 빨라도 너만 하겠느냐."

왠지 모를 뼈가 있는 한마디에 비설이 어색한 웃음을 흘렸다.

혁련휘가 위험에 처했다는 사실을 알게 되자 뒷일은 모두 도재하에게 떠맡기고 곧바로 사라져 버린 그녀다.

그런 비설의 모습을 기억해 낸 그가 가볍게 핀잔을 던지다 이내 혁련휘에게 시선을 돌렸다.

시선을 마주하자 둘은 조용히 포권을 취했다.

먼저 입을 연 건 도재하였다.

"아버님의 이야기는 들었소. 상심이 크시겠구려. 내심 존경하던 무인이었는데 그리 죽다니…… 실로 가슴 아픈 일이오."

도재하는 진심이었다.

정파와 마교, 분명 좋지 않은 사이였음에는 분명했고 혁무조라는 이름은 그들에겐 증오의 대상이기도 했다.

그런데도 불구하고 무인 혁무조란 사내에 대해서는 존경

하지 않을 수 없었다. 그 뛰어난 재능과, 믿기 힘들 정도의 무공까지.

그는 적에게도 인정받을 수밖에 없는 그런 사내였다.

안타깝다는 듯 말하는 도재하의 말투에 혁련휘가 감사의 뜻을 내비쳤다.

"고맙소."

"할 이야기가 좀 있는 거 같은데…… 우선들 배에 타시는 게 좋겠구려."

도재하의 말에 비설이 먼저 나룻배 위로 껑충 뛰어올랐고, 그 뒤로 혁련휘와 부의민 또한 그 위에 올라섰다.

모든 일행이 배에 착석하자 도재하가 뒤편에서 노를 들고 서 있는 뱃사공에게 시선을 주며 말했다.

"출발함세."

대답을 들은 그가 곧바로 육지와 연결하고 있던 줄을 풀고는 곧바로 긴 노로 바닥을 힘차게 밀쳤다. 물 위에 두둥실 떠 있던 나룻배가 물길을 따라 움직이기 시작했다.

물길을 타고 떠다니기 시작한 나룻배는 적당한 속도로 사람들 사이로 스며들었다.

배의 속도가 점점 느려지자 도재하는 뒤편에 준비해 두었던 다과상을 앞으로 꺼내어 들었다. 그러고는 이내 찻병과 술병을 든 채로 말했다.

"허허. 취향이 무엇인지 몰라 두 개 다 준비하긴 했는데…… 역시 술이 나을 것 같은데 어떠시오?"

내심 술을 마시길 바란다는 어투.

그 순간 혁련휘가 비설에게 들었던 경고를 기억해내고 나지막이 말했다.

"차로 하는 게 좋겠소."

"끄응, 교주께서 그리 원하신다면야."

내심 아쉽다는 듯 혀를 차며 도재하는 술병은 뒤로 밀어야만 했다.

혁련휘의 옆에 자리하고 있던 비설이 잘했다는 듯 그와 눈을 맞추고는 고개를 마구 끄덕였다.

막 술병을 뒤에 놓고 몸을 돌리던 도재하가 그런 비설의 모습을 보고는 수상쩍다는 듯이 물었다.

"혹 저 아이가 나에 대해 무슨 말이라도 한 게요? 예를 들자면 날 만나면 절대 술을 먹지 말라거나 뭐 이런 거 말이오."

"……들은 적 없소."

"흐음. 뭔가 수상한데."

미심쩍다는 듯 비설을 바라보았지만 그녀는 딴청을 부리듯 그의 시선을 피해 냈다.

결국 어쩔 수 없이 차를 내밀며 도재하가 짧게 말했다.

"나름 신경을 쓰긴 했는데 교주의 입에 맞으실지 모르겠구려."

"딱히 신경 쓰지 않소."

무뚝뚝하니 대답한 혁련휘가 찻잔에 입을 가져다 댔다.

그렇게 물살에 흔들리는 나룻배에 마주 앉은 채로 자리하고 있던 두 사람의 사이에 묘한 적막이 흘렀다.

비설도 부의민도 입을 닫은 채로 둘의 대화를 기다렸다.

잠시 찻잔을 어루만지던 도재하가 먼저 이야기를 꺼냈다.

"실은 놀랐소. 마교의 교주가 날 보자고 연락을 할 거라고는 생각도 못 해서 말이오."

비설으로 인해 서로 일면식 정도는 있긴 하지만 그뿐이다.

둘 사이엔 만나서 나눌 만한 이야기도 없었고, 또 그럴 사이도 아니었다.

그런 도재하의 말에 혁련휘가 답했다.

"나도 내가 정파의 수장과 이리 단둘이 마주하게 될 줄은 몰랐소."

정파의 수장이라는 말에 혁련휘의 뒤편에 자리하고 있던 부의민이 움찔했다.

역시나 보통 인물이 아닐 거라고는 생각했지만……

덩달아 이 노인의 제자인 비설에 대해서도 다시금 생각하게 된 부의민이다.

도재하가 혁련휘를 바라보며 말했다.

"사실 고민을 좀 했소. 마교 교주와 만난다는 것 자체가 우리에겐 말이 안 되는 일이라 말이오. 그래도 워낙 저 아이가 간곡히 청해 온 일이라 우선 나오긴 했소만……."

말을 하던 도재하가 곤란하다는 듯 이마를 긁적였다. 사실 북천회 자체가 비밀리에 운영되어져 오던 세력이다.

정파의 재건이라는 목적 아래 마교의 눈을 속여 오던 단체.

그런 자신들이 가장 속여야 할 마교의 수장인 사내의 앞에 스스로 모습을 드러낸 상황이 실로 모순적이지 않은가.

도재하가 천천히 말을 이었다.

"교주께서 아무런 이유도 없이 날 보자고 연락하지는 않았을 터. 어디 그 이유부터 좀 들어 봅시다."

도재하의 말에 혁련휘는 팔짱을 낀 채로 가만히 그를 응시했다.

아무런 말도 하지 않던 그가 입을 열었다.

"제대로 된 이야기를 하기 이전에 지금 이걸 어떻게 받아들여야 하는지부터 말해 주시겠소?"

"……무엇을 말이오?"

무슨 말이냐는 듯 되묻는 도재하를 바라보던 혁련휘가 이내 고개를 옆으로 돌렸다. 그러고는 인근에 자리하고 있는 수십 척의 나룻배들을 살펴보고는 곧바로 말을 이었다.

　"지금 우리 주변을 떠다니는 저 배들. 저 배들 당신네 사람들이오?"

　혁련휘의 말에 도재하는 침묵했고, 비설은 놀란 눈으로 그를 바라봤다. 그녀 또한 그런 이야기는 전혀 듣지 못했기 때문이다.

　물 위를 떠다니는 수십 척의 배들. 그 안에 자리하고 있는 그들이 모두 도재하의 사람들이었다면…….

　부의민이 황급히 검집에 손을 가져다 댈 때였다.

　혁련휘가 손을 들어 그런 부의민의 행동을 저지했다.

　설마 하는 비설의 시선을 받고 있던 도재하가 이내 입을 열었다.

　"용케 알아차리셨구려."

　"사부!"

　비설이 버럭 소리를 질렀다.

　평소라면 그녀에게 껌뻑 죽는 도재하였지만 지금의 그는 눈 하나 깜짝하지 않고 말했다.

　"오해는 마시오. 그대에게 뭔가를 하려고 대동한 인원은 아니니까. 다만 나 또한 만약을 대비하려 한 것뿐이오."

그럴 확률은 희박하다고 생각하긴 했지만 도재하는 혹시 모를 상황을 위해 병력을 준비해 둔 상황이었다. 만약에라도 마교의 무리들이 이곳에 나타난다면 자신 또한 그냥 죽어 줄 순 없었으니까.

도재하가 말을 이었다.

"교주가 어찌 생각하실지 모르겠지만 나 또한 정파를 이끌어야 할 수장, 그대가 이 둘을 제하고 아무도 대동하지 않고 온다는 말을 그냥 믿을 순 없었소. 회주가 된 이상 내 죽음은 그저 개인의 일로 끝나지 않게 되어서 말이오. 기분이 나빴다면 용서하시오."

길게 이어지는 도재하의 말을 혁련휘는 그저 조용히 듣고만 있었다.

그러고는 이내 말을 멈춘 채로 자신을 바라보는 도재하를 향해 짧게 말했다.

"괜한 수고를 했소."

혁련휘의 시선이 자신의 옆자리에 함께하고 있는 비설에게로 향했다.

그녀를 향해 시선을 고정한 채로 혁련휘가 나지막이 말했다.

"이 녀석한테 미움받을 짓을 할 생각은 없거든."

"……"

비설을 바라보는 혁련휘의 눈빛을 보며 도재하는 그저 입을 꾹 닫은 채로 자리할 수밖에 없었다. 그렇게 비설에게 시선을 내주던 혁련휘가 다시금 입을 열었다.

"그럼 이젠 슬슬 믿을 수 있을 때가 된 것 같은데. 아니오?"

"뭐, 이젠 주변에 아무도 없다는 것 정도는 확인했으니 그런 의심은 접었소."

"그럼 저들을 물려 주셨으면 하오."

그의 청에 도재하가 잠시 머뭇거릴 때였다.

혁련휘가 목소리에 힘을 주어 말했다.

"지금부터 하는 말은 절대 새어 나가면 안 될 극비요."

"……좋소."

도재하가 자리에서 일어나더니 이내 허공으로 주먹을 치켜들었다.

그러자 주변에 있던 배들이 마치 둥그런 원을 형성하듯이 쫙 펼쳐져 나가기 시작했고, 이내 멀리까지 움직였다.

그들은 혹시 모를 다른 이들의 접근조차 막아 내려는 듯한 진형을 취했고, 그 덕분에 주변으로는 아무도 다가오기 어려워졌다.

모두를 무르고 나서야 도재하가 다시금 자리에 앉았다.

그가 진중한 표정으로 혁련휘에게 말했다.

"교주가 날 보자고 한 이유, 어디 들어나 봅시다."

도재하와 마주한 곳에 앉아 있던 혁련휘가 이내 슬그머니 입을 열었다.

"북천회가 날 위해 움직여 주시오."

혁련휘의 말을 들은 도재하는 얼이 빠진 표정을 지어 보였다.

뭔가 부탁할 게 있다는 사실 정도는 바보가 아닌 이상 이미 알고 있었다.

그렇지만 설마 혁련휘가 부탁하려는 것이 다름 아닌 북천회 그 자체였다니.

똑똑히 들었음에도 불구하고 도재하는 그 말이 쉬이 믿기 힘들었는지 재차 물었다.

"……뭐라고 한 거요?"

"북천회의 힘, 내가 쓰게 해 달라고 했소."

"허어."

재차 확실하게 자신의 뜻을 전달하는 혁련휘를 보며 도재하가 당황스러움을 감추지 못하고 탄식 섞인 소리를 토해 냈다.

도재하는 손바닥으로 자신의 입가를 어루만지며 당황한 속내를 애써 추슬렀다.

그러고는 이내 이해가 안 간다는 표정으로 말을 받았다.

"그게 무슨 뜻인지 아시오? 북천회와 마교가 함께하자 뭐 이런 말로 들리는데 설마 내가 생각하는 게 맞소?"

"정확하오."

혁련휘의 대답에 도재하는 이마를 감싸 안았다.

그러고는 이내 고개를 절레절레 저었다.

"지금 그게 가능하다 생각하시오? 우리와 그대는 가는 길이 아예 다르오."

북천회의 가장 큰 적이 누구인가? 바로 마교다. 그런 그들을 도우라니? 물론 신도율이라는 자가 탐탁지 않은 건 사실이다.

그렇지만 북천회의 입장에서는 혁련휘 또한 크게 다르지 않았다.

혁련휘와 신도율의 싸움은 엄청난 피바람을 불게 할 것이다.

고래들의 싸움에 새우로 비견해도 되는 북천회가 낀다면 결국 피해를 입는 건 자신들뿐이리라. 결국 이용만 당할 대로 당하고 싸움이 끝난 이후 누가 이기든 버려지기 십상이다.

그 두 세력에 비해 북천회가 지닌 힘은 너무도 미비한 수준이었으니까.

차라리 북천회의 입장에서는 두 곳 모두 서로 싸우다 자멸하기를 바라는 것이 최선일 것이다. 물론 그럴 확률은 거의 없다시피 하겠지만.

말도 안 된다 생각했는지 도재하가 자신의 말에 힘을 주어 결론을 내렸다.

"아쉽게도 서로에게 괜한 걸음이 된 것 같소. 우리는 이용만 당할 생각은 없어서 말이오. 내 이번 이야기는 못 들은 걸로 하겠소."

말을 마친 도재하는 노를 젓고 있는 뱃사공을 향해 가볍게 눈짓했다.

그만 물가로 가자는 신호였다.

사실 노를 젓는 이 뱃사공도 북천회 소속의 인물이었고, 그는 명령대로 노를 바꿔 잡았다. 그렇게 그가 막 노질을 시작하려는 때였다.

혁련휘가 입을 열었다.

"내가 당신들에게 줄 것이 있다면?"

"……?"

"내 상황이 좋지 않다 해서 잊은 건지 모르겠는데 난 당신들이 원하는 가장 큰 걸 줄 수 있소."

혁련휘의 말에 도재하가 허허로운 웃음을 흘리며 말했다.

"교주께서 우리에게 줄 것이라, 그게 무엇이오?"

"……시간."

시간이라는 말이 떨어지는 순간 도재하가 눈을 부릅떴다.

실로 애매한 말이 아닐 수 없었다.

시간이라니?

누구에게나 똑같은 시간을 대체 어떻게 주겠다는 말인가?

그렇지만 그 밑도 끝도 없는 단어가 도재하의 마음을 붙잡았다.

노질을 막 시작한 뱃사공을 향해 도재하가 황급히 소리쳤다.

"멈추게."

막 배를 움직이던 뱃사공은 도재하의 명에 황급히 노를 젓던 손을 멈추었다.

그리고 다시금 물 위에 잔잔히 떠 있게 된 나룻배 위에서 도재하는 갑갑하다는 듯 자신의 목을 어루만졌다.

지금 혁련휘가 말한 시간이라는 것이 만약 자신이 생각한 게 맞다면…….

"교주가 말한 시간이라는 거 혹시 내가 생각하는 그것이 맞는 거요?"

"아마도."

짧게 대답을 끝낸 혁련휘가 품에 준비해 두었던 서찰 하나를 슬쩍 꺼내어 들었다. 말만으로 끝내기엔 너무도 중대한 이야기였으니까.

서찰을 든 채로 혁련휘가 오랫동안 생각해 왔던 이야기들을 꺼내기 시작했다.

"약조하겠소. 그쪽에서 먼저 마교를 건드리지 않는 이상, 우리 또한 그대들을 치지 않겠다고. 아, 물론 이건 내가 살아 있을 때에 한한 약속이오. 내 다음 시대의 일까지 내가 약속할 수는 없는 노릇이니 말이오."

이어지는 혁련휘의 말을 듣자 도재하는 자신의 예상이 맞음을 확인할 수 있었다.

혁련휘가 주겠다고 하는 시간.

그건 다름 아닌 몰락한 정파가 다시금 무림에 뿌리를 내리는 데 필요한 시간을 말하는 것이었다.

북천회라는 이름 아래 암암리에 숨어서만 살아야 했던 이유가 무엇인가? 마교의 눈을 피해야만 살 수 있었기 때문이다.

그런데 혁련휘는 그런 자신들에게 시간을 주겠다고 했다.

다시금 문파를 재건할 수 있는 시간을.

너무나 매혹적인 조건이었기에 도재하는 자신도 모르게

침을 꿀꺽 삼켰다.

지금 혁련휘가 내건 이 제안은 정파의 입장에서 가장 혹할 수밖에 없는 것이었다.

도재하가 물었다.

"교주의 아버지께서 이룩한 마도천하요. 그런 마도천하를 포기하겠다 이 말이시오?"

"포기가 아니오. 제대로 세우려고 하는 거지."

"제대로…… 세운다?"

"그렇소. 이건 나의 뜻이자, 또한 나를 대신해 이 자리에 있었어야 할 내 동생 원이의 뜻이기도 하오."

오래전부터 생각해 왔던 부분이다.

마교가 썩어 버린 이유는 그들을 견제할 아무런 세력도 없었기 때문이다.

강해져야 할 이유도, 적도 없다. 당연히 게을러졌고, 무인으로서의 강함보다는 권력이나 돈에 목매달게 됐다.

그로 인해 벌어질 수 있는 추악한 모습과 인간의 욕심들을 혁련휘는 눈으로 보고 또한 겪었다.

물론 이 같은 결정을 내리는 데 마교 내부적인 문제뿐만을 염두에 둔 게 아니다.

마교가 천하를 지배하며 벌어진 수도 없이 많은 문제들.

마교는 천하를 하나로 만들었지만 그 모든 지역을 홀로

지배한다는 건 불가능했다.

실제로 수많은 이들이 중원 곳곳에 배치되었음에도 불구하고 주기적으로 문제가 발생했고, 마교의 인원만으로는 그 모든 것들을 해결할 수 없었다.

마교의 힘이 닿지 않는 곳은 새외의 세력들이 빈번하게 쳐들어와 살인과 약탈을 일삼았다.

이 모든 것들은 환영학관에 몸담았을 때부터 혁련휘가 직접 느꼈던 부분이다.

죽은 혁리원이 정파의 무인들과의 화합을 원했던 것 또한 이러한 이유였다.

마도천하라는 달콤한 말에 가려진 힘없는 이들의 고통스러운 삶을 봐 왔으니까.

그리고 그런 동생의 뜻을 혁련휘 또한 동감했고, 이해했다.

마도천하…… 그것은 허울뿐인 자기만족에 불과했다.

그랬기에 혁련휘는 바꾸고자 했다.

물론 정파와 영원한 화합을 꿈꾸는 건 아니다.

그건 불가능한 이야기였으니까.

정과 마는 결국 싸우게 될 것이고, 그러면서 서로 발전해 나갈 것이다. 그것이 오랫동안 지속되어진 무림의 섭리였으니까.

물은 위에서 아래로 흐르기 마련이다.

흐르는 물을 억지로 막고 있어 봤자 언젠간 그 둑이 터져 나갈 뿐이다. 아니면 지금처럼 고인 채로 썩어 버리거나.

혁련휘가 말했다.

"비단 도움을 구하기 위해 생각한 게 아니오. 예전부터 계속 고민해 왔던 일이니까."

말을 하는 혁련휘의 시선이 비설에게로 향했다.

이런 결정을 하게 되는 데 지대한 영향을 끼친 두 사람이 있었다.

혁리원, 그리고 바로 저 여인.

그 둘이라는 존재로 인해 혁련휘는 지금과도 같은 생각을 더욱 확고히 할 수 있었다.

썩어 버린 마교의 재편.

그리고 자신을 위해 계속해서 싸워 준 비설을 위한 배려이기도 했다. 정파의 재건은 그녀의 소원이기도 했으니까.

자신을 향한 혁련휘의 따뜻한 시선에 비설은 놀란 눈으로 그를 바라봤다.

언제나 옆에 있으면서도 혁련휘가 그 같은 생각을 하고 있을 거라고는 생각도 하지 못했다. 그리고 그가 이런 결정을 내린 이유 중 하나가 자신을 위해서임을 그녀 또한 느끼고 있었다.

갓난아이일 때부터 정파의 재건을 위해 키워져 온 비설이다.

그런 그녀에게 지금 혁련휘는 무척이나 큰 선물을 내밀고 있었다.

평생의 소원.

그걸 혁련휘가 이루어 주고 있는 것이다.

그런 그의 마음이 너무나 고마워서 비설은 왈칵 눈물이 쏟아져 나오려는 걸 억지로 참으며 힘겹게 입을 열었다.

"형님……."

울음을 삼키는 비설의 머리를 쓰다듬으며 혁련휘가 차분하게 말했다.

"울지 말거라. 나를 위한 결정이기도 하니까."

"형님을 위한 결정이요?"

의아하다는 듯 물어 오는 그녀를 향해 혁련휘가 고개를 끄덕였다.

"응, 이 정도는 해 줘야 평생 네가 내 옆에 있을 핑곗거리가 생기지 않겠느냐."

"쳇, 그러게요. 이제 도망도 못 치겠네요."

비설은 픽 하고 웃음을 흘렸다.

혁련휘도, 비설도 마음은 같았다.

세상 그 어떠한 것도 서로가 서로의 옆에 있는 것보다 중요하지는 않았으니까.

　비설에게 향했던 혁련휘의 눈이 이내 말없이 고민에 잠겨 있는 도재하에게 향했다. 그는 여전히 묵묵부답으로 고민에 빠져 있었다.

　거절하기 힘들 정도로 치명적인 제안.

　그럼에도 불구하고 자신의 선택이 추후 북천회의 미래를 좌우한다는 사실을 알기에 쉽사리 말이 떨어지지 않았다.

　그런 도재하를 향해 혁련휘가 물었다.

　"내 제안, 받아들이겠소?"

　"며칠만 시간을 주면……."

　원래대로라면 독단으로 결정을 내리기에는 무척이나 부담스러운 사안이니 회의의 안건으로 올렸을 것이다.

　그렇지만 지금은 자신들의 동맹이 신도율에게 알려져선 안 될 상황.

　혹시 모를 내부의 간자를 피하기 위해서라도 모든 결정은 회주의 권한으로 끝내야 한다.

　그리고 이후의 일들은 닥쳤을 때 빠르게 진행하는 쪽으로 가닥을 잡아야 했다.

　며칠이라도 더 생각을 하고 답해야겠다는 듯이 말을 꺼내던 도재하였지만 그의 말끝이 점점 흐려지고 있었다.

　사실 스스로도 알고 있었다.

이 고민 끝에 나올 수 있는 답은 하나뿐이라는 것을.

그리고 채 말을 끝내지 못하는 도재하를 향해 혁련휘가
말했다.

"답은 이미 정해진 것 아니오?"

혁련휘의 핵심을 짚는 그 한마디에 도재하는 자신의 머
리를 긁적였다.

너무나 많은 생각들이 머리를 어지럽힌다.

그렇지만……

도재하가 갑자기 몸을 돌려 뒤편에 놔뒀던 술병을 들어
올렸다. 그러고는 그가 말했다.

"교주, 술이나 한잔합시다."

"술은……"

비설의 당부를 떠올리며 다시금 거절하려는 혁련휘의 말
을 무시한 채, 술을 채워 넣은 도재하가 술잔을 그에게 들
이밀었다.

그러고는 퉁명스레 말했다.

"이 술을 받으면 지금 이 순간부로 우리는 동맹이고, 안
받으면 난 그냥 돌아가겠소. 어쩌겠소?"

말을 마친 도재하가 어서 받으라는 듯 손에 든 술잔을 가
볍게 흔들어 보였다.

그리고 그런 도재하의 손에 들린 술잔을 바라보던 혁련

휘가 천천히 입을 열었다.

"……그런 술이라면 얼마든지."

＊   ＊   ＊

천 길 낭떠러지를 연상케 하는 절벽은 무척이나 가팔랐다.

얼마 전에 있었던 격렬한 싸움의 흔적이 남아 있는 절벽은 무척이나 엉망이었다.

부서져 버린 절벽, 그리고 그 끝자락에 아슬아슬하게 달려 있는 나무들까지도.

그리고 그 나무들의 옆으로 한 사내가 모습을 드러냈다.

그 사내의 정체는 다름 아닌 환야였다.

바람이 휘몰아치는 절벽 위에 선 그의 옷자락이 쉼 없이 펄럭였다.

환야는 쓰고 있던 죽립을 목에 건 채로 가만히 절벽 아래를 응시했다.

너무도 높은 높이, 그리고 낭떠러지 아래에는 얼마 전에 떨어져 내렸던 절벽 잔해들의 일부가 눈에 들어왔다.

그런 모습을 바라보는 환야의 얼굴엔 쓸쓸함이 감돌았다.

그때도 보았지만 눈으로 본 이곳의 높이는 상당했기 때문이다.

제아무리 아래에 물줄기가 흐르고 있었다고는 하지만 그토록 많은 화살에 적중당한 채로 떨어진 달치가 살아 있을 거라는 생각은 도통 들지 않았다.

환야는 나무에 기대어 선 채로 여전히 절벽 아래쪽에 시선을 고정시켰다.

그가 힘없이 중얼거렸다.

"망할 자식……."

이곳에 온 것만으로도 그 날의 기억이 떠올라서인지 환야의 눈시울이 자연스레 붉어졌다.

부서진 절벽의 잔해들과 떨어져 내리면서도 웃고 있던 그 바보 같았던 얼굴까지도. 죽을 거라는 걸 알면서도 뭐가 그리도 좋아서 손을 흔들어 대던 건지…….

환야가 흘러내리는 눈물을 소매로 닦아 내고는 이내 몸을 돌렸다. 그가 가파른 절벽의 돌을 움켜잡고는 천천히 아래로 내려가기 시작했다.

그가 손가락을 절벽의 돌에 틀어박으며 나지막이 말했다.

"멍청아, 조금만 기다리라고."

환야는 말과 함께 순식간에 절벽 아래로 움직이기 시작

했다.

거센 물살이 휘몰아치는 저런 곳.

저곳에서 달치를 잠들게 하고 싶지는 않았으니까.

환야는 손가락 끝에서 피가 터져 나오는 건 아랑곳하지 않으며 절벽을 빠르게 타고 내려갔다.

그가 이를 악문 채로 말을 이었다.

"반드시…… 찾아 줄 테니까."

9장. 정세
— 그런 사람이 되고 싶어요

주자악은 어딘가를 걷고 있었다.

어둠에 감싸여 있는 그 길은 끝도 보이지 않았고, 다른 어떠한 것도 느낄 수 없었다. 그저 오로지 어둠만이 가득한 길.

그 길을 홀로 걷는 주자악은 그저 멍하니 앞만 보고 걸어갈 뿐이었다.

과연 이 끝이 보이지 않는 길을 얼마나 걸었던 걸까?

어둠 끝에 걸린 한 줄기의 빛이 스며들었다.

그리고 그 빛을 느끼는 순간 멍하니 걷고만 있던 주자악이 퍼뜩 정신을 차렸다. 그리고 동시에 찾아오는 커다란 고통.

침상에 누워 있던 주자악은 눈을 번쩍 뜨더니 다급히 상체를 일으켰다.

"크윽!"

깨어져 나갈 듯이 아파 오는 두통에 주자악은 황급히 손으로 머리를 감쌌다. 그는 고통을 참기 힘들었는지 일으켜 세운 상체를 앞으로 굽히고는 거칠게 숨을 토해 냈다.

"허억, 헉."

큰 고통에 한참을 몸부림치던 그가 이내 벽을 손으로 짚으며 힘겹게 일어났다.

자기 몸 하나 간수하기 어려웠는지 주자악은 제대로 서 있지도 못한 채로 비틀거렸다.

그가 억지로 몸을 일으켜 세운 채로 주변을 둘러봤다.

적막한 방 안.

방 안에는 오로지 주자악 혼자만이 자리하고 있었다. 그가 식은땀이 흐르는 이마를 닦아 내며 주변을 쉼 없이 두리번거리기 시작했다.

이곳저곳을 향해 마구 시선을 돌리는 주자악의 얼굴은 무척이나 초조해 보였다.

잔뜩 겁을 집어먹은 것 같은 얼굴로 그는 사시나무 떨듯 떨고 있었다.

주자악이 나오지 않는 목소리를 힘겹게 쥐어짰다.

"여, 여봐라. 아무도 없느냐."

허나 그 목소리는 가까이 있는 이조차 알아듣기 힘들 정도로 작았다.

신도율에게서 받았던 심마환혈공으로 인해 심마에 들게 된 주자악의 눈동자에는 오랜만에 생기가 서려 있었다.

그렇지만 그 생기는 공포에 젖어 있을 뿐이다.

아주 잠시 정신이 돌아왔던 주자악은 갑자기 자신의 가슴을 움켜쥐었다.

숨이 막혀 옴과 동시에 커다란 고통이 다시금 찾아들었다.

숨을 쉬기 어려웠는지 눈동자를 거의 뒤집다시피 하며 부들부들 떨던 주자악이 바닥에 쓰러졌다.

쿵.

넘어진 그는 입구를 향해 힘겹게 몸을 움직이기 시작했다. 열린 입에서 연신 확인하기 힘들 정도로 힘없는 목소리가 흘러나왔다.

"내, 내가 왜 이런 꼴이……."

허나 그는 채 두어 걸음 정도의 거리도 나아가지 못한 채로 꼬꾸라지듯 바닥에 고개를 떨어뜨리고야 말았다.

그리고 동시에 찾아온 미칠 듯한 경련.

바닥에 쓰러진 채로 부들부들 떨어 대던 주자악의 몸은

약간의 시간이 흐르자 점점 진정되기 시작했다. 그리고 이
내 그 경련이 잦아들었을 때.

바닥에 쓰러져 있던 주자악이 천천히 몸을 일으켜 세웠
다.

스윽.

몸을 일으켜 세운 주자악은 엉망이 된 옷을 가볍게 펴고
는 곧이어 침상으로 다가가 걸터앉았다. 아무런 감정도 느
껴지지 않는 눈동자로 주자악은 주변을 가볍게 휘이 둘러
봤다.

주자악이되, 주자악이 아닌 존재.

심마환혈공으로 인해 심마에 들어 버린 주자악에게 신도
율은 탈혼마언을 통해 새로운 인격을 부여했다. 그리고 그
인격은 주자악의 모든 기억을 가지고 그처럼 살아가지만
실제로는 전혀 다른 존재라 봐도 무방했다.

물론 주자악에게 새겨진 이 새로운 인격은 스스로가 아
무런 문제가 없다 여기고 살아간다. 그랬기에 더더욱 쉽게
신도율에게 조종당하게 되는 것이겠지만 말이다.

신도율의 꼭두각시가 되어 버린 주자악이 손가락으로 가
볍게 침상을 두드렸다.

손가락에 느껴지는 감각을 느끼던 주자악이 이해가 안
간다는 듯이 입을 열었다.

"내가 왜 바닥에서 자고 있던 거지?"

방금 전까지 고통에 몸부림치던 건 이미 기억에서 사라진 지 오래다.

어쩌다가 돌아왔던 제정신이었을 때의 일들은 지금의 주자악에겐 남아 있지 않았다.

이해가 안 간다는 듯한 표정을 짓고 있던 주자악은 이내 창문을 통해 들어오기 시작한 햇살을 향해 눈을 돌렸다.

뭔가 익숙한 빛을 느끼던 주자악은 이내 가벼운 미소와 함께 나지막이 중얼거렸다.

"……허기가 지군."

＊　　　＊　　　＊

혁련휘는 북천회와 손을 잡았다.

허나 이건 아직까지 바깥으로 알려지지 않은 대외비였다.

마교의 교주 혁련휘와, 북천회의 회주인 도재하만의 비밀.

둘 사이에 그렇게 은밀하니 모종의 협약이 이루어지고, 또 추후의 일을 위해 도재하는 북천회 내부의 인원들을 재점검하기 위해 움직였다.

대놓고 무인들을 움직인다면 눈에 띌 노릇이었기에 적재적소에 얼마만큼의 인원들이 움직일 수 있는지 파악하기 위함이다.

꽤나 시간이 드는 작업.

그렇지만 혁련휘 또한 당장 움직일 생각도, 여력도 없었다.

북천회 하나의 도움만으로 지금 마교를 수복한다는 것 자체가 큰 무리가 따랐기 때문이다.

밀려드는 새외의 세력들, 그리고 중원 곳곳에서 봉기한 사파를 비롯한 중도의 문파들까지도. 그들을 감당해 내기에는 북천회 하나만으론 모자랐다.

그랬기에 혁련휘에게는 필요했다.

또 다른 누군가의 힘이…….

막 생각에 잠겨 있던 혁련휘의 거처로 누군가가 조심스럽게 모습을 드러냈다. 동그란 쟁반에 모락모락 김이 올라오는 찻잔을 들고 나타난 건 다름 아닌 비설이었다.

그녀가 혁련휘의 거처 안으로 들어오며 입을 열었다.

"형님, 일어나셨어요?"

비설을 발견한 혁련휘가 잔뜩 쌓여 있는 서류에서 시선을 떼고는 자리에서 벌떡 일어났다. 그러고는 그녀에게 다가갔다.

가까이 마주 서다시피 한 상황에서 비설이 웃는 얼굴로 혁련휘에게 말을 건넸다.

"역시 일어나 계셨네요."

웃으며 말을 건네는 비설을 향했던 혁련휘의 시선이 곧 그녀의 손에 들린 쟁반으로 향했다.

그리고 모락모락 김이 올라오는 찻잔을 바라보며 물었다.

"이건 뭐지?"

"어제 과음하셨잖아요. 아무리 내공으로 취기 정도야 날려 버릴 수 있으시다고 해도 속이 좀 쓰리실까 봐 꿀물 좀 챙겨 와 봤어요."

"……꿀물?"

비설이 내미는 찻잔을 얼결에 받아 든 혁련휘가 말없이 자신의 손을 내려다봤다.

살아생전 이런 걸 받아보기는 또 처음이라 기분이 묘했다.

어제 거의 반나절 가까운 시간을 줄곧 그녀의 스승인 도재하와 술을 마셨다.

비설이 언급했던 대로 그는 무척이나 술을 좋아하는 주당이었다.

덕분에 내공으로 술기운을 날려 버리지도 못한 채로 긴 술자리를 가져야만 했다.

무인이기에 딱히 후유증은 없었지만 그럼에도 불구하고

비설은 혁련휘의 속이 상했을까 염려되어 이처럼 꿀물을
타서 가지고 나타난 것이다.

따뜻한 찻잔만큼이나 자신을 향한 그녀의 마음이 느껴져
서 혁련휘는 말없이 그저 그 온기를 느끼고만 있을 뿐이었다.

그런 그를 향해 비설이 재촉했다.

"식기 전에 어서 드세요, 형님."

빨리 마시라는 듯 양손을 올리는 시늉을 하며 옆에서 웃
고 있는 비설을 바라보던 혁련휘가 천천히 찻잔에 입을 가
져다 댈 무렵이었다.

열린 문을 통해 부의민이 걸어 들어오고 있었다.

그는 혁련휘의 명으로 챙겨 온 서찰 더미들을 양손으로
부둥켜안은 채로 들어오다가 이내 둘의 모습을 보고는 장
난스럽게 말했다.

"뭐야, 이 훈훈한 장면은. 벌써부터 서방님 챙기는 거
야? 술은 교주님만 드셨나. 나도 어제 네 사부한테 하루 종
일 시달렸거든? 내 건 없어?"

"아저씨는 알아서 챙겨 드시든지요."

놀려 대는 부의민을 가볍게 흘겨보며 비설이 한마디 던
졌다. 그러자 부의민은 가지고 온 서찰 더미들을 책상 위에
내려놓으며 억울하다는 듯이 길게 한숨을 내쉬었다.

"어휴, 임자 없는 사람은 서러워서 살겠나."

짓궂은 말과 함께 능글맞게 웃던 부의민이 이내 혁련휘를 향해 포권을 취하며 예를 갖췄다.

그가 말했다.

"명하신 서류들 전부 구해 왔습니다. 그리고 비파월을 통해서 물어보신 대답도 받아 왔고요."

"수고했어."

자리에 앉은 혁련휘가 짧게 말을 끝내고는 이내 들고 있던 꿀물을 다시금 마셨다.

혁련휘는 잠시 침묵한 채로 부의민이 가져온 서찰들을 일일이 확인했다.

원래라면 환야가 해야 할 일들도 모두 맡는 바람에 부의민은 무척이나 바빴다.

혁련휘가 서찰을 확인하는 걸 의자에 앉아 물끄러미 바라보던 비설이 이내 방해를 하고 싶지 않았는지 자그마한 목소리로 부의민에게 말을 걸었다.

"그나저나 아저씨가 형님한테 예의 갖추는 거 엄청 어색해요."

비설의 말에 맞은편에 앉아 있던 부의민이 히죽 웃었다.

학관에서부터 마교 대공자 시절까지 항상 특유의 말투로 혁련휘를 대했던 그다.

그러던 부의민은 군룡회의 회주로 마교를 떠나기 직전의

마지막 밤을 기점으로 혁련휘에게 앞으론 예를 갖추겠다고
말했었다.

물론 당시에 비설은 마교에 없어 그 일에 대해 알지 못했
지만 깍듯한 부의민의 모습을 보며 어느 정도 예상은 하고
있었다.

교주가 된 혁련휘에게 예를 갖추는 건 마교의 무인으로
서 당연한 것이었으니까.

부의민은 비설의 말에 슬그머니 고개를 숙이더니 장난스
럽게 말했다.

"내 급여 주시는 분인데 잘 보여야지 인마."

말을 내뱉었던 부의민의 시선이 이내 자신의 자리에서
서찰들을 확인하는 혁련휘에게로 향했다.

서찰들에 집중하고 있다는 것이 눈에 보일 정도로 혁련
휘의 표정은 진지했다.

잠시 그런 그를 바라보던 부의민이 슬그머니 시선을 돌
렸다.

'복잡하시겠지.'

뭔가 비책을 꾸미고 있는 것 같기는 한데 아직까지는 그
게 뭔지 부의민 또한 알지 못하겠다.

지금의 상황에서 혁련휘가 이길 확률은 얼마나 될까?

아무리 높게 쳐 줘도 일 할의 반의반도 되지 않는다.

부의민은 지금의 현실을 잘 직시하고 있었다.

'최소 삼만 이상의 정예 병력을 움직여야 해.'

현재 새외에 자리하고 있는 정예 무인의 숫자가 오만이다. 그리고 중원 곳곳을 지키고 있는 이들의 수가 이만.

숫자로만 본다면 칠만에 육박하지만 막상 이들 중 회군하기 위해 움직일 여유가 있는 무인들은 결코 많지 않다.

새외는 하루가 다르게 싸움이 벌어졌고, 그로 인해 피해 또한 누적되어 간다.

그나마 새외의 싸움에서는 마교가 유리했지만 혁련휘가 이렇게 되면서 배신자나 도망자가 조금씩 속출하고 있는 상황이다.

그리고 중원을 지키기 위해 배치된 마교 무인의 숫자는 오히려 적들에 비해 적어 고전을 면치 못하고 있다.

이런 상황에서 거의 절반에 육박하는 삼만의 병력을 회군시킬 수는 없는 노릇이다.

오히려 그랬다가는 남은 병력들도 순식간에 몰살당할 것이고, 오히려 그 삼만의 무인들 또한 뒤를 잡힐 건 자명한 일.

그걸 알기에 혁련휘 또한 뭔가를 고민하고 있는 것이다.

궁금한 것이 많았지만 부의민은 아무런 것도 묻지 않았다.

그저 묵묵히 혁련휘의 다음 명령만을 기다렸다.

그를 믿으니까.

다른 이도 아닌 저 사내라면…… 분명 무엇인가 길을 찾아낼 거라는 확신이 있었다.

그런 막연한 믿음을 줄 수 있다는 것.

그것이 바로 자신이 따르는 혁련휘라는 사내가 가진 힘이었다.

그랬기에 그의 생각이 궁금하면서도 그저 아무런 걱정없다는 듯 앞에 있는 비설과 대수롭지 않은 이야기로 떠들어 대고 있는 부의민이다.

그것이 지금 자신이 혁련휘에게 부담을 주지 않기 위해할 수 있는 최선이었다.

시답지 않은 이야기를 길게 이어 가고 있는 그때.

마침내 백여 장에 달하는 서찰들을 일일이 확인하던 혁련휘가 입을 열었다.

"부의민."

"예, 하명하시죠."

자리에 앉아 떠들어 대던 부의민이 벌떡 일어나며 대답했다. 그런 그를 바라보며 혁련휘가 슬그머니 말을 이었다.

"가까운 마을 중에 새외를 오고 가는 장사꾼들이 가장많이 들르는 곳이 어디지?"

마교의 주둔지인 백옥에서 동쪽에 위치한 구평이라는 마을은 관도끼리 이어지는 길목에 위치한 곳이었다.

동서남북 그 어느 쪽으로도 뻗어져 나가기 좋은 지리적 이점 때문에 자연스레 마을에는 사람이 몰렸고, 그 크기 또한 점점 커졌다.

그러한 지리적 이점이 오랜 시간이 흐른 지금에 와서는 인근에서 가장 큰 마을을 형성케 하는 데 일조했다.

구평에는 수십여 개에 달하는 많은 객잔이 있었음에도 불구하고 빈방을 찾기 어려울 정도로 손님이 붐빈다.

가까운 곳에 볼거리들이 적지 않아 여행객들도 많이 찾지만, 역시나 구평을 가득 채우고 있는 건 장사꾼들이다. 지리적으로 좋은 곳에 위치한 덕에 여기저기로 장사를 하기 위해 지나쳐 가는 장사꾼들이 많은 탓이다.

한층 더운 햇볕이 점점 사그라지고, 시원한 밤바람이 밀려들었다.

그렇게 찾아온 구평의 저녁. 그렇지만 마을은 화려한 불빛에 휩싸여 있었다.

수많은 사람들이 오고 가는 객잔에 한 쌍의 인물들이 모습을 드러냈다.

혁련휘와 비설이었다.

얼굴을 가리기 위해 죽립을 눌러 쓴 채로 안으로 들어선

두 사람은 곧장 비어 있는 자리로 향했다. 사람으로 꽉 차다시피 한 객잔이었는데, 운이 좋았는지 막 비게 된 창가 쪽에 자리를 잡을 수 있었다.

혁련휘는 자리를 잡기 무섭게 죽립을 벗어 목에 걸었지만 비설은 그저 시야가 편안해질 정도로 살짝만 위로 올려 썼을 뿐, 완전히 벗지는 않았다.

그녀의 얼굴이 드러난다면 아마도 이 객잔 안의 모든 시선이 쏠릴 거라는 걸 알기 때문이다.

비설은 가까이 다가온 점소이에게 가볍게 몇 가지 음식만 시키고는 이내 턱을 괸 채로 혁련휘와 시선을 마주했다.

웃으며 자신과 눈을 마주하는 비설을 응시하던 혁련휘가 입을 열었다.

"식사하는 데 불편하지 않겠어?"

"그러게요. 이럴 줄 알았으면 남장이라도 하고 올 걸 그랬나 봐요."

비설은 아무 생각 없이 여인의 모습 그대로 이곳까지 따라온 것이 내심 아쉬웠는지 입맛을 다셨다.

그렇지만 이내 비설은 죽립의 앞부분을 슬쩍 손가락으로 들어 올려 얼굴의 일부분을 보이게끔 하고는 자신만만한 미소와 함께 말을 이었다.

"그래도 전 먹으러 왔으니 입만 멀쩡하면 아무 상관 없습니다! 형님."

죽립을 슬쩍 들어 올리며 즐거운 얼굴로 말하는 비설을 보고 있노라니 혁련휘 또한 절로 기분이 풀어지는 걸 느꼈다.

이 여인은 언제나 자신의 마음을 편하게 만드는 묘한 재주가 있다.

그런 그녀의 씩씩한 모습에 혁련휘가 고개를 끄덕이며 말을 받았다.

"그러게. 얼마나 먹을 생각이면 단둘이 와서 음식을 한두 개도 아니고 여섯 가지를 넘게 시키고 있어."

"에이, 그 정도는 먹어야 뭣 좀 먹었다 하죠. 오늘 긴장하셔야 할 거예요. 형님이 가지고 온 전낭 탈탈 털어 버릴 생각이거든요."

단둘이 어딘가로 나온 것이 오랜만이라서 그런지 비설은 평소보다 더욱 즐거워 보였다.

그리고 그런 그녀를 보고 있는 것이 혁련휘에게도 즐거움이었다.

전낭을 탈탈 털어 버리겠다고 호언장담하는 비설을 향해 혁련휘가 고개를 끄덕였다.

"얼마든지."

"어어? 지금 알겠다고 하셨어요. 나중에 가서 딴말하시면 안 돼요."

장난스럽게 말을 하며 사랑스러운 표정을 지어 보이는 비설을 향해 혁련휘는 그저 고개만 끄덕였다.

그렇게 잠시 두 사람이 두런두런 대화를 나누고 있을 무렵 비설이 시켰던 음식이 하나둘씩 상을 채우기 시작했다.

그리고 음식이 많아질수록 비설의 표정도 밝아졌다.

"우와, 이거 진짜 장난 아니게 맛있어요. 형님도 좀 드셔 보세요."

비설은 접시에 있는 음식의 일부를 덜어 혁련휘에게 건네줬다.

말없이 비설이 건네준 음식을 먹기 시작한 혁련휘는 이내 주변에서 떠들어 대는 많은 이들의 목소리를 귀에 담기 시작했다.

그리고 이곳에 온 목적이 있음을 알기에 비설은 말을 멈추고 조용히 혁련휘가 주변의 이야기들에 집중할 수 있도록 도왔다.

혁련휘가 거처에서 어느 정도 떨어진 이곳까지 경공을 쓰면서까지 달려온 이유는 지금의 분위기와 상황에 대해 사람들이 어찌 생각하고 있는지를 직접 듣고자 함이었다.

아무래도 가장 많은 이야기들이 오가는 건 이런 일에 예민한 장사꾼들일 테고, 그랬기에 그런 그들이 많이 지나쳐 가는 구평을 찾은 것이다.

객잔 내부에는 거의 백여 명에 달하는 사람들이 북적거렸고, 당연히 그들의 목소리가 여기저기서 섞여 알아듣기 힘들 정도로 터져 나왔다.

각양각색의 이야기들.

그렇지만 그들의 입에서 나오는 이야기의 대부분은 마교에 관한 것이었다.

물론 그들이 자세한 속사정까지는 알 수 있을 리 만무했다.

허황된 이야기.

뜬소문과도 같이 주워들은 것들이 대부분인 영양가 없는 말들만이 흘러나왔다.

쫓겨났던 교주가 벌써 세력을 규합하여 조만간 마교를 칠 거라는 둥, 이미 항복을 할 준비가 다 끝났고 조만간 고개를 숙일 거라는, 어디서 나온 건지 모를 말들도.

심지어 어떤 이들은…….

"어이. 이건 진짜 비밀인데 말이야."

"뭔데 그래?"

세 명이 모여 있는 탁자에서 한 사내의 말에 다른 두 명의 장사꾼들이 귀를 기울였다. 그러자 그 사내가 말을 이었다.

"사실은 교주가 죽었다는군그래. 일부러 살아 있는 척 소문을 내서 시간을 끌려는 속셈이라던데?"

"설마 그럴 리가 있겠는가."

"거참! 속고만 살았는가? 아는 지인한테 들은 확실한 정보일세. 알잖은가? 내 지인이 마교와 관련이 있다는 거."

"허어, 그렇게 들으니 좀 헷갈리기는 한데."

뭐가 맞는 건지 모르겠다는 듯 고개를 갸웃하는 이들.

그런 그들에게 잠시 시선을 줬던 혁련휘가 조용히 팔짱을 낀 채로 침묵했고, 그런 그를 대신해 비설이 음식을 먹으며 투덜거렸다.

"여기 버젓이 살아 계시는데 누굴 죽은 사람으로 만들고 그런데."

혁련휘가 죽었다는 그 말을 비설 또한 들었는지 그녀는 잔뜩 불만스러운 표정을 짓고 있었다.

그녀의 투정을 뒤로한 채 혁련휘는 계속해서 주변에서 들려오는 갖가지 이야기들에 귀를 기울였다.

마교에 관련된 많은 이야기들.

그렇지만 혁련휘가 궁금한 건 그러한 것들이 아니었다.

자신들과 밀접한 관련이 있는 소문들 정도야 어느 정도 예상도 하고 있고, 또한 비파월을 통해 정확한 정보도 건네받는다.

혁련휘가 이곳에 온 이유.

그건 다름 아닌 새외에 관련된 이런저런 이야기들을 확인하기 위함이다.

비파월의 정보망이 유독 약한 곳.

그곳이 바로 새외다.

새외는 중원과는 다른 곳이기에 비파월의 정보 또한 완벽하기 어려웠다. 그랬기에 혁련휘는 직접 이곳까지 와서 새외를 오고 가는 이들의 이야기들을 듣고자 했던 것이다.

새외를 가장 많이 오고 가는 건 당연히 장사꾼이다.

그들에게는 새외 또한 중요한 돈벌이에 대상이니까.

물론 그들의 이야기를 전부 믿을 순 없다.

지금 마교에 대해 이야기하는 것처럼 그들이 아는 건 극히 일부에 불과하기에 대부분이 추측에 가깝다. 그렇지만 그것만으로도 족했다.

현재 새외 곳곳의 분위기나, 그들 사이에서 벌어진 소소한 일들.

그중 일부는 추스르고, 또 걸러 내다 보면 어느 정도 머리에 그려지는 몇 가지 경우를 유추해 낼 수도 있다.

그리고 장사꾼처럼 무인이 아닌 이들 사이에서 도는 소문 또한 무시할 순 없다.

그중엔 정말로 종종이긴 하지만 치명적일 수도 있는 정

보가 나올 수도 있었으니까.

혁련휘는 말없이 자리에 앉은 채 객잔을 채운 이들의 이야기에 조용히 귀를 기울였다.

지금 마교와 싸움을 벌이고 있는 새외의 이야기부터 해서 여기저기에서 벌어진 자잘한 것들에 대한 이야기까지.

그렇게 귀를 기울이던 혁련휘의 귓가에 이질적인 소리가 들려오기 시작했다.

투둑, 투두둑.

그건 다름 아닌 빗소리였다.

창가 인근에 앉아 있었기에 혁련휘는 쉽사리 바깥을 확인할 수 있었다.

갑자기 쏟아져 내린 비 탓에 인근을 걷고 있던 이들이 누가 먼저라고 할 것도 없이 황급히 처마 아래 몸을 감추고 있었다.

비설 또한 쏟아져 내리는 비를 확인하고는 눈을 동그랗게 뜨며 말했다.

"형님, 비가 와요."

"소나기 같긴 한데."

순간적으로 퍼부어져 내리는 비를 보며 혁련휘가 대꾸했다.

바깥에 쏟아져 내리는 비를 보며 비설은 탁자에 엎드린

채 희미한 미소를 지어 보였다.

쏟아져 내리는 이 비를 보고 있자니 문득 그 날이 떠올라서다.

봄비가 쏟아져 내리던 그 날.

그녀가 비를 맞을까 염려되어 찾아온 혁련휘에게 당돌하게 고백을 했던 자신의 모습이. 사실 지금 생각해도 무슨 용기로 그처럼 고백을 했는지 알 수가 없었다.

허나 그때는 그 감정을 더는 감추지 못할 거라고 확신했었다. 그리고 그건 지금도 마찬가지였다. 비설은 쏟아져 내리는 비를 바라보던 시선을 슬며시 돌려 혁련휘를 응시했다.

눈을 감은 채로 주변에서 나오는 대화에 모든 신경을 쏟고 있는 혁련휘.

그런 그에게 시선을 고정시킨 채로 비설은 그저 웃고만 있었다.

이 사람이다.

이토록 사랑하고, 무엇을 줘도 아깝지 않은 세상 유일한 단 한 사람.

비설의 시선을 느껴서일까?

한참이나 닫혀 있던 혁련휘의 눈꺼풀이 들어 올려졌다. 그리고 이내 모습을 드러낸 그 신비한 눈동자가 웃고 있는 비설과 마주했다.

혁련휘는 잠시 그런 그녀를 바라보다 이내 손을 뻗어 죽립의 끝을 가볍게 툭 쳤다.

"가지."

"어? 벌써 가시게요?"

"듣고 싶은 건 얼추 들은 것 같아서."

흔들리는 죽립을 양손으로 잡으며 고정시키던 비설이 고개를 끄덕였다. 세차게 쏟아져 내리던 소나기는 둘이 자리에서 일어나려고 하자 어느덧 거짓말처럼 멎어 들고 있었다.

객잔을 걸어 나가는 혁련휘의 옆으로 비설이 빠르게 따라붙었다.

바깥으로 나온 둘이 나란히 걷던 와중에 혁련휘가 먼저 입을 열었다.

"부의민이라도 데리고 올 걸 그랬나. 혼자서 심심했겠구나."

한 시진이 넘는 시간을 객잔에서 조용히 앉아 있던 혁련휘다.

당연히 비설 또한 그런 그에게 맞춰 심심한 시간을 보내야만 했을 거라 생각한 것이다.

허나 그런 그의 말에 비설은 고개를 저었다.

"아뇨, 둘이라서 좋았어요."

말과 함께 웃어 보이는 비설을 혁련휘는 감추기 힘든 따뜻한 눈빛으로 응시했다.

그렇게 몇 걸음 더 나아가던 중 비설의 발아래에서 흙탕물이 튀었다.

"앗, 이런."

비가 온 탓에 엉망이 된 땅 곳곳에는 물이 가득했고, 그 탓에 비설의 신발에 흙탕물이 튀어 버린 것이다.

여인의 복색이었기에 신발을 비롯해 치맛자락에까지 묻어 버린 흙탕물을 보며 비설은 이걸 어째야 하나 하는 표정을 지어 보이고 있는 그때였다.

비설의 앞으로 다가간 혁련휘가 등을 보인 채로 갑자기 몸을 굽혔다.

그러고는 짧게 말했다.

"업혀."

그런 혁련휘의 말에 비설은 놀란 눈으로 잠시 그의 등을 멍하니 바라봤다. 그렇지만 이내 그녀는 웃는 얼굴로 손사래 쳤다.

"에이, 형님. 농담도."

"농담 아닌데? 뭐해? 안 업히고."

"……."

혁련휘의 재촉에 비설은 당황한 듯이 엉거주춤한 자세로 서 있다가 이내 눈을 꽉 감고는 냅다 그의 등에 업혀 버렸다.

내심 쑥스러웠는지 비설이 자리에서 일어나 걸음을 옮기기 시작한 그에게 속삭였다.

"업히기 전에는 좀 망설여지긴 했는데…… 그래도 형님 등에 업히니 좋네요. 신경 써 주셔서 고마워요. 이런 것까진 바라지도 않았는데."

"겨우 이걸로 뭘."

"형님 성격에 이거면 엄청난 거죠."

비설은 혁련휘의 어깨 너머로 손을 쭉 뻗으며 보라는 듯 엄지를 치켜세웠다.

그런 그녀의 행동에 혁련휘는 괜스레 퉁명스럽게 말했다.

"까불다 떨어진다."

"에이, 이래 봬도 저 나름 실력 있는 무인이라고요."

자신 있게 말하는 비설을 향해 잠시 침묵하던 혁련휘가 이내 천천히 입을 열었다.

"……미안하구나."

갑작스러운 혁련휘의 말에 비설이 왜 그러냐는 듯 바짝 고개를 붙인 채로 물었다.

"갑자기 뭐가요?"

되묻는 비설의 말에 혁련휘는 말없이 고개를 슬쩍 내려 그녀의 엉망이 된 신발을 바라봤다.

처음엔 그저 동생인 원이가 생각나 옆에 있는 걸 허락했다.

그러다 시간이 흘러 어느덧 점점 필요한 사람이 되어 곁에 두게 됐고, 그러던 것이 이제는 옆에 없어선 안 될 사람까지 되어 버렸다.

태어나서 처음으로 마음을 준 여인.

그것이 바로 비설이다.

혁련휘가 천천히 입을 열었다.

"너에게 비단 꽃길만 걷게 하고 싶었는데…… 어쩌다 보니 나와 함께 가는 이 길은 흙투성이 진흙밭이구나."

이건 혁련휘의 진심이었다.

자신을 만나고 비설은 언제나 싸워 왔다.

혁련휘의 적과도, 그리고 그의 옆에 있기 위해서 수도 없이 많은 이들과 싸웠다.

그 탓에 비설은 툭하면 상처투성이에 엉망이 되고야 말았다. 그런데도 불구하고 그녀는 단 한 번도 불평 없이 자신의 옆에 함께해 줬다.

오히려 환한 미소로 자신을 위로하며.

너무나 고맙고, 또 미안한 사람.

그 말에 비설은 잠시 침묵하다 천천히 양손으로 혁련휘의 목을 감싸 안으며 그의 넓은 등에 볼을 가져다 댔다.

따뜻한 체온이 느껴져 온다.

동시에 그의 마음도 느낄 수 있었다.

그녀가 말했다.

"비단 꽃길을 걷고 싶어 형님과 함께하는 게 아니거든요. 형님과 진흙밭을 함께 걷는 사람, 전 그런 사람이 되고 싶어요. 그리고 형님과 함께라면…… 전 진흙밭보다 더한 그 어디라도 걸을 수 있어요."

말을 마친 비설은 보다 강하게 혁련휘의 목을 끌어안으며 나지막이 말을 이었다.

"그러니까 형님은 그냥 제 곁에만 있어 주세요. 그래서 제가 종종 힘들 때 이렇게 등만 빌려주시면 돼요. 전 그거면 충분하니까요."

이보다 더한 난관이 있다 해도 비설은 흔들리지 않을 것이다. 지금까지 해 온 것처럼 쭉, 그녀는 혁련휘의 옆을 지킬 테니까.

10장. 복귀

— 드릴 게 있습니다

구평까지 떠났던 혁련휘와 비설이 거점으로 돌아왔을 때는 이미 시간이 밤을 넘어 새벽으로 향해 가고 있었다.

　늦은 복귀, 비설과 함께 거처로 들어선 혁련휘는 자신을 기다리고 있던 부의민과 마주하게 됐다.

　이런 늦은 시간에도 거처에 있는 부의민을 발견한 혁련휘가 물었다.

　"지금까지 일하고 있던 건가?"

　"오셨군요. 한참을 기다렸습니다."

　혁련휘와 비설을 보며 부의민이 다급히 자리에서 일어났다.

그런 그의 말투와 행동에서 뭔가 할 말이 있음을 알아차린 혁련휘가 짧게 말했다.

"무슨 일이 벌어졌나보군."

또 안 좋은 일이 생긴 건가 하는 표정을 지어 보인 혁련휘다. 그렇지만 다행히도 이번엔 아니었다.

부의민이 급히 말을 이었다.

"마혈적가 가주가 살아서 나타났습니다."

"뭐? 적인호가?"

혁련휘의 눈동자가 번뜩였다.

신도율의 함정에 빠졌을 때 혁련휘가 먼저 도망갈 수 있도록 수하들과 함께 남아서 시간을 끌었던 그다. 그 이후로 어떻게 됐는지 소식을 듣지 못해 막연하게 죽은 게 아닐까 생각하고 있었거늘…….

뛰어난 고수이자, 마교 내에서도 적잖은 힘을 지녔던 적인호의 생존은 혁련휘에게 분명 크나큰 희소식이었다.

혁련휘가 물었다.

"적인호가 이곳에 온 건가?"

"예, 막사에서 쉬고 있을 겁니다. 아, 그리고 그자도 함께 왔습니다."

"그자라니?"

"있잖습니까, 전 교주님의 호위 무사요."

"……무명?"

"네, 그자도 함께 나타났습니다. 그가 따로 교주님께 알현 신청을 했습니다."

생각지도 못한 이의 등장에 혁련휘는 잠시 말을 멈췄다가 이내 고개를 끄덕였다.

"두 사람 모두 여기로 오라고 해."

"알겠습니다. 그럼 곧바로 둘 다 데리고 오겠습니다."

말을 마친 부의민이 빠르게 바깥으로 나가자 옆에서 이야기를 듣고만 있던 비설이 놀란 듯이 말했다.

"그때 적 가주님이 뒤를 맡느라 도망치지 못하셨다고 하지 않으셨어요?"

"맞아. 은연중에 죽었을 거라 생각했는데 살아 있었던 모양이야."

말을 하던 혁련휘가 천천히 자리에 앉았다.

그리고 비설 또한 비어 있는 자리에 앉은 채로 부의민을 기다렸다.

긴 시간이 지나지 않아 부의민이 다시금 혁련휘의 거처에 들어섰다.

그리고 들어서는 그의 뒤편에는 낯익은 두 명의 얼굴이 자리했다.

적인호, 그리고 무명이었다.

둘은 안으로 들어서기 무섭게 혁련휘를 향해 포권을 취해 보였다.

적인호가 입을 열었다.

"마혈적가 가주 적인호, 교주님을 뵙습니다."

말을 내뱉는 그의 안색은 무척이나 좋지 않아 보였다.

핏기 없는 얼굴에, 큰 부상을 입었었는지 슬쩍 드러난 상체 부분은 붕대로 가득했다.

포권을 취했던 그가 갑자기 혁련휘의 앞에 무릎을 꿇고는 고개를 조아렸다.

적인호가 땅에 머리를 박으며 비통한 목소리로 소리쳤다.

"교주님을 지키지 못한 죄, 용서하십시오!"

"……괜찮으니 일어나."

혁련휘의 말이 떨어지고서야 적인호는 힘겹게 몸을 일으켰다.

그는 비틀거리면서도 쓰러지지 않으려는 듯이 발에 힘을 주고 버티고 서 있었다.

그런 적인호를 향해 혁련휘가 말했다.

"그대를 다시 보게 될 줄은 몰랐어. 이리 다시 보게 되니…… 반갑군."

"제대로 지켜드리지 못한 저의 생환을 이리도 반겨 주시니 고개를 들 면목이 없습니다."

"그런 소린 됐고. 어떻게 빠져나왔지? 그리 쉽지 않았을 것 같은데."

혁련휘의 질문에 적인호가 담담하니 답했다.

"교주님 덕분입니다."

"나?"

"예, 많은 이들이 교주님을 잡겠다고 병력을 우회한 덕분에 도망칠 틈이 생겼었습니다. 그리고 그들이 노리던 건 저희가 아니었던지라 추격도 그리 길지 않았고요."

물론 그 과정에서 혁련휘를 지키기 위해 싸웠던 병력 대부분이 죽었다.

그나마 적인호를 비롯한 십여 명의 무인 정도만이 살아서 도망칠 수 있었다.

그렇지만 이 정도도 천운에 가까웠다.

압도적인 적의 숫자와 도망치기 힘든 지리적 요소까지 감안한다면 살아 나온 것조차 놀라운 일이었으니 말이다.

말을 끝냈던 적인호가 품 안에 손을 넣더니 이내 뭔가를 꺼내어 들었다.

그것은 손바닥 크기의 위패였다.

적인호는 위패를 양손으로 공손히 든 채로 혁련휘에게 한 걸음 성큼 다가와 다시금 무릎을 꿇었다.

"교주님께 바칩니다."

위패를 내민 적인호가 고개를 숙였다.

위패를 내려다보던 혁련휘의 눈동자가 그곳에 적힌 이름을 보는 순간 흔들렸다.

혁무조(赫戊朝)

그 이름을 보는 순간 혁련휘는 자신도 모르게 입술을 깨물었다. 덩달아 그 날의 기억이 떠오르는지 분노가 밀려왔다.

고개를 숙인 채로 적인호가 짧게 말했다.

"전 교주님의 시신을 모신 사당의 위패입니다."

"……아버지의 시신을 수습한 게냐?"

"예, 그분의 시신을 등에 업고 계속 달려 안전한 곳에 무사히 모셨습니다."

말을 내뱉는 적인호의 목소리에도 물기가 맺혔다.

그는 도망치는 와중에도 혁무조의 시신 수습을 최우선으로 했고, 그 덕분에 죽은 그의 육체가 적들의 손에 넘어가는 걸 간신히 막을 수 있었다.

혁련휘가 천천히 손을 뻗었다.

떨리는 그의 손이 적인호의 손에 들린 위패로 향했다.

그저 이름이 새겨져 있는 나뭇조각일 뿐이거늘…… 손가락 끝에 위패가 닿는 순간 혁련휘에게 혁무조와의 추억들이 밀려들었다.

어릴 땐 그를 존경했고, 커서는 미워했다.

자신을 버렸다고만 생각했고 아버지라고 부르지도 않았다.

그러던 그의 진심을 알게 됐고, 서서히 마음을 열어 용서를 하려던 때 죽어 버린 사람.

너무 많은 걸 주고 가 버린 한 사내를 떠올리며 혁련휘가 눈을 감았다.

그가 떨리는 목소리로 입을 열었다.

"……고맙다. 아버지의 시신을 수습해 줘서."

"당연히 해야 할 일을 했을 뿐입니다."

신도율이 혁무조에게 지녔던 원한을 잘 알고 있다.

만약에 혁무조의 시신이 그런 그에게 넘어갔었더라면…… 결코 그냥 두지 않았을 게다. 아마도 혁무조는 죽은 후에도 편히 쉬지 못했을 터.

내심 혁무조의 시신을 수습하지 못했다는 사실이 혁련휘를 괴롭게 했거늘 이제는 안심할 수 있었다.

위패를 건네주고 자리에서 일어난 적인호를 향해 혁련휘가 말했다.

"부상이 깊은 것 같은데 몸 상태는?"

"쓸 만할 정도가 되려면 보름 이상은 지나야 할 것 같습니다."

"그래. 그럼 그때까지는 아무런 걱정 말고 푹 쉬고."

"배려 감사합니다, 교주님."

적인호가 짧게 말을 마쳤을 때였다.

혁련휘가 뒤편에 서 있는 무명에게로 시선을 줬다. 말없이 순서를 기다리고 있던 무명이 앞으로 다가가며 다시금 포권을 취했다.

"오랜만에 뵙습니다."

"그렇군. 그나저나 그대가 날 찾아올 거라고는 생각 못 했는데."

무슨 일이냐는 듯한 눈빛으로 자신을 바라보는 혁련휘를 향해 무명이 자신이 찾아온 이유를 밝혔다.

"드릴 게 있어서 찾아뵈었습니다."

"나한테?"

"네, 전 교주님의 마지막 명령이셨습니다."

혁무조를 언급한 무명은 감추고 있던 전낭을 꺼내어 내밀었다. 전낭을 받아 든 혁련휘는 다소 묵직한 무게를 느끼며 입구를 막고 있는 끈을 천천히 풀어 내렸다.

전낭을 풀어 헤치던 혁련휘가 이내 안에 든 뭔가를 끄집어내다가 깜짝 놀라고야 말았다.

그건 바로 전낭 안에서 나온 것이 마교 교주의 인장이었던 탓이다.

혁련휘 또한 이 인장을 사용해 본 적이 있었기에 단번에 알아볼 수 있었다.

그가 놀란 얼굴로 물었다.

"이건 교주의 인장이잖아."

"맞습니다."

"마교에 있어야 할 인장이 왜……."

"전 교주님의 마지막 명이셨습니다. 당시 그분은 죽을 걸 아시면서도 교주님을 구하기 위해 적진으로 뛰어드셨고 저에게는 따로 명령을 내리셨습니다."

함께 싸우겠다던 무명에게 내렸던 혁무조의 마지막 명령.

그것은 바로 마교 교주의 정통성을 알리는 인장을 회수하라는 것이었다.

그것마저 신도율의 손에 들어가게 된다면 그가 교주가 될 명분은 더욱 공고히 된다.

그랬기에 혁무조는 그 같은 명령을 내렸다.

어차피 무명 한 명이 더 낀다 해서 바뀔 수 있는 싸움이 아니었기에 괜한 죽음을 함께하는 것보다는 신도율의 발목을 잡을 또 하나의 비책을 준비했던 것이다.

그리고 그런 혁무조의 계획은 절묘하게 적중했다.

지금 신도율은 자신의 정통성에 흠집이 나는 걸 원하지 않기에, 이 인장을 찾는 데 혈안이 되어 있는 상황이었으니 말이다.

신도율이 그토록 찾고 있는 교주의 인장이 마치 스스로 주인을 찾듯 혁련휘에게 돌아온 것이다.

혁련휘는 적인호에게서 받은 혁무조의 위패와, 무명에게서 받은 교주의 인장을 자신의 책상 위에 나란히 올려 두었다.

한날한시에 찾아온 두 개의 물건.

하나하나가 혁무조와 관련이 있었기에 혁련휘는 마음이 아려 왔다.

혁련휘는 위패를 조심스레 양손으로 감싸 안은 채로 지그시 눈을 감았다.

위패를 어루만지던 혁련휘의 눈이 서서히 떠졌다.

'곧 끝낼 겁니다.'

신도율과의 싸움에 종지부를 찍고 혁무조의 넋을 기리는 사당을 만들 생각이다.

그러니 그때까지만……

위패를 잘 보이는 곳에 올려놓은 혁련휘가 예를 갖추며

슬며시 입을 열었다.

"이곳에서 쉬고 계시지요⋯⋯ 아버지."

＊　　＊　　＊

환야는 물살을 따라 움직였다.

거센 물결이 흐르는 상류에서부터, 물살이 약해지는 하류까지.

대충 떠내려갈 만한 거리도 계산해 보고, 또 물살을 확인까지 해서 혹시나 물가로 떠밀려 나올 법한 곳도 파악했다.

오 일 정도 움직였을 때의 거리까지 염두에 둔 환야는 인근 마을을 샅샅이 뒤지기 시작했다.

혹시나 떠내려온 정체불명의 시체는 없었는지, 아니면 그가 입었던 옷가지 또는 다른 물품이 없는지도 찾았다.

열흘 넘게 인근 마을을 샅샅이 뒤졌지만 나오는 건 전무했다.

단 한 구의 시신이나 단서조차 찾지 못하자 환야는 뭔가 이상하다는 걸 눈치챘다.

달치 하나라면 모를까 당시 그곳에서 떨어져 내린 무인들의 숫자는 적지 않다. 달치가 함께 끌고 간 수십 명에 달하는 무인들.

그들 중 단 한 명의 시신조차 발견되지 않았다는 건 뭔가 이상한 일이 아닐 수 없었다.

시신에 손대기 꺼려 하는 건 사람의 당연한 심리다.

그런데 오랫동안 방치되었어야 할 시신도 없고, 본 사람도 없다?

이런 경우 나올 수 있는 가정은 하나다.

시신은 처분하고, 죽은 자의 유품을 팔아치우는 자들의 개입이다.

그리고 그런 경우에 꼭 연관되어 있는 것이 바로 묘지기다.

그들만큼 시신을 잘 처리하는 이는 없으니까.

환야는 곧바로 인근에 묘지기가 없는지 조사했고, 곧 한 명이 있다는 사실을 알아냈다. 환야는 곧바로 그자가 머물고 있는 곳으로 움직였다.

묘지기의 거처는 공동묘지와 그리 멀지 않은 곳에 떨어져 있는 낡은 초가집이었다.

당장에 무너져도 이상할 것 없어 보이는 거처는 허름하기 그지없었다.

환야가 입구에 선 채로 안쪽을 향해 목소리를 높였다.

"이보시오, 안에 없습니까?"

환야의 부름에 잠시 안쪽에서는 자그마한 소리가 들리더

니 이내 금방 떨어져도 이상할 것 없는 허름한 문이 힘겹게 열렸다.

그리고 열린 문틈으로 얼굴을 드러낸 건 검버섯이 가득한 노인이었다.

가느다란 눈을 한 노인이 앉은 채로 환야를 향해 말했다.

"뉘시오?"

물어 오는 노인을 향해 한 걸음 성큼 다가가며 환야가 입을 열었다.

"사람을 한 명 찾으러 왔습니다."

"……잘못 찾아오신 것 같군요. 여기는 사람이 아니라 시체들이 있는 곳입니다."

말을 끝낸 노인이 열었던 문을 닫으려는 그때였다.

환야가 입을 열었다.

"두어 달 전쯤 이 인근에서 정체불명의 시체가 대량으로 발견되었을 텐데 그게 소리 소문도 없이 사라졌더군요. 뭐 아시는 거 없습니까?"

환야의 질문에 노인은 움찔했지만 곧바로 모르는 척 태연하니 말을 받았다.

"허, 허허. 잘 모르겠군요. 죽은 시신이 발견되었다면 제게 왔겠지요. 그럼."

말을 마친 노인은 문을 닫으려 했지만 그건 불가능했다.

환야의 손을 떠난 비수가 빠르게 날아가 문과 벽에 틀어박혀 고정시켜 버린 탓이다.

노인이 문에 박혀 버린 비수와 환야를 놀란 얼굴로 번갈아 바라볼 때였다.

환야가 문을 손으로 꽉 움켜잡으며 말했다.

"영감님, 시간이 별로 없어서 그러는데 이야기 좀 합시다."

〈다음 권에 계속〉